修果◎著
武帝歸來
01

目錄 CONTENTS

第一章 道解重生

「爸爸，你醒醒，別丟下糖糖。嗚嗚……糖糖保證以後聽爸爸的話，爸爸打糖糖，糖糖保證不哭。」

是誰在他耳邊哭哭啼啼的？吳白煩躁的睜開眼睛。

「爸爸醒了、爸爸醒了！」

奶聲奶氣的聲音裡充滿了喜悅。

吳白扭頭看去，看到一個三、四歲的小姑娘，睜著烏黑明亮的眼睛，怯怯的看著他。漂亮的小臉蛋上掛滿了淚痕，一副想親近他卻又不敢樣子。

吳白如遭雷擊，整個人都愣住了。

他真的成功了，真的回到了地球！

他本來就是地球人，大學畢業後跟最好的兄弟李爭鳴創業。他很有經商頭腦，短短幾年就將一個小公司做成市值幾十億的大公司。

而且他還有一個漂亮的未婚妻，堪稱人生贏家。

可他擁有的一切，都在一次和李爭鳴爬山的過程中灰飛煙滅。

「吳白，你憑什麼樣樣都比我強？你憑什麼擁有靜姝那麼漂亮的女人？公司是我的，靜姝也是我的，你給我去死吧！哈哈哈……」

李爭鳴滿臉猙獰，瘋狂的大笑著，把他從懸崖上推了下去。

上天垂憐，他下墜的過程中，被崖壁上的一棵樹擋了一下，竟然沒死，最後被附近村子的一個女人救了。

他雖然活了下來，卻摔斷了腿，終身殘疾。

那時候他心如死灰，整日酗酒，某次喝多，糊裡糊塗的就跟那個女人發生了關係。

事後，女人懷孕了，他那時候對人生已經沒了什麼希望，就跟女人結了婚，想著在那座村子了卻殘生。

糖糖兩歲的時候，那個女人發生意外，車禍去世了。

吳白崩潰了，他的人生益發黑暗，他變得喜怒無常，怨天怨地，怨恨所有人，包括兩歲的糖糖。

他開始賭博、酗酒，輸錢了、喝多了，就拿糖糖出氣。而且因為沒有賭資，還差點將糖糖賣了，那時的他成了一個徹頭徹尾的人渣。

直到有一天，他被討債的毒打一頓，加上之前喝了不少酒，糊裡糊塗的一命嗚呼。

可誰曾想老天跟他開了一個大玩笑，他死後竟穿越到武極大陸——一個強者為尊、弱肉強食的世界。

復仇的信念讓他從一個小小的武修，歷經千險，數次九死一生，一步步的踏上巔峰，成為威震武極大陸的霸主——武帝！

驀然回首，他發現自己失去的太多了。長生盡頭是孤獨，即使他威震蒼穹，抬指碎星河，與天地齊壽，可身邊沒有一子半女，連個說話的朋友都沒有，只能孤獨的活著。

他要復仇，他想女兒。他欠女兒的太多了，枉為人父。

所以，吳白不惜耗盡修為，捨棄一切，道解重生。

上一世，他被追債的毒打後，送到醫院，就是在這個時候死的。

這次，他活了，一切恍如一場大夢……

「糖糖……」

吳白看著糖糖那細小胳膊上的瘀青，心裡充滿了愧疚，這些傷都是他喝醉後打的。

如今已入秋，天氣微涼，糖糖身上還穿著夏裝，而且好些地方都磨破了，像個小乞丐似的。

糖糖怯怯的看著吳白，害怕的往後退了兩步。

吳白心裡狠狠的一揪，自己當初真不是個東西！這是自己的親生骨肉，他怎麼下得了手？

「糖糖，過來。」

吳白有些激動，緩緩伸出手。欠女兒的，這輩子他要加倍彌補。

糖糖很害怕，但還是小心翼翼的走過來。

吳白俯身將她抱起來，緊緊的抱在懷裡，虎目含淚。「糖糖，對不起，爸爸保證，以後再也不打妳了。」

「爸爸不哭，糖糖不痛。」

糖糖用小手幫吳白擦著眼淚。

就在這時，一個身穿白大褂的護理師腳步急促的走進來，看著病房裡的人，焦急的說道：「請問有人是RH陰性血嗎？血庫告急，人命關天，請幫幫忙，事後重金酬謝。」

吳白本來不打算理會的，曾為武帝的他見慣了生死，「人命關天」這四個字對他而言沒有一點影響。

但是，當他聽到有十萬塊酬謝的時候，他來了興趣。因為他就是RH陰性血，俗稱「熊貓血」。

如果沒記錯，他如今家徒四壁，兜裡比臉乾淨，現在還欠著醫藥費，急需用錢。

真是一文錢難倒英雄漢，曾經的武帝也擋不住「飢寒窮」三個字。

「妳說的重金酬謝可是真的？」

護理師眼神一亮，急切問道：「你是RH陰性血？」

吳白微微點頭。

「太好了！快跟我走。需要輸血的是林氏集團的大小姐，只要林小姐安然無恙，以林家的地位和財力，絕對少不了你的好處。」

吳白抱著糖糖下床，對護理師道：「走吧！」

護理師轉身帶著一瘸一拐的吳白朝著外面走去。

吳白嘴角揚起一抹自嘲的笑容。同樣是人，這個護理師卻沒關心一下他現在的傷勢能不能捐血。

也對，一邊是富家千金、一邊是窮人，窮人的命自然沒有那麼值錢。

一路來到七樓的一間VIP病房前，病房前站著好幾個人，從他們的打扮和氣質來看，非富即貴。

「李主任，找到了，他就是RH陰性血。」

一個穿著白大褂的醫師瞥了一眼吳白，頤指氣使的說道：「先給他驗血。」

護理師給吳白驗完血，證明吳白身體健康，的確是RH陰性血。

「跟我進來捐血。」李主任對吳白喊道。

吳白把糖糖放下來，叮囑道：「糖糖，在這裡乖乖等爸爸，別亂跑。」

糖糖乖巧的點點頭。

「快點的，別拖拉。」醫師不耐煩的催促。

吳白眼神微微一沉，但最終還是忍了，看在錢的分上。

進了病房，吳白看向病床。一個二十幾歲，五官精緻，但臉色過分慘白的女孩昏迷不醒的躺在病床上。

李主任拿出血袋，一邊抽血，一邊讓護理師給病床上的女孩輸血。

一連抽了三袋，每袋是兩百毫升，正常人捐血不能超過五百毫升，這說明吳白已經超量了。

吳白感覺有點頭暈，但是李主任並沒有停下的意思，拿起第四個血袋。

吳白面無表情的收回胳膊，拉下衣袖，淡淡的說道：「差不多了吧！」

李主任輕飄飄的說道：「再抽兩袋備用。」

「說得輕鬆，再抽兩袋，我的身體撐得住嗎？」

李主任冷笑道：「你懂什麼？人抽血不超過兩千毫升，就不會死。」

「去你媽的！你說的是人話嗎？說這話，你對得起身上的白大褂嗎？」

吳白眼神冰冷，富家千金的命是命，窮人的命就不是命了？

李主任盯著衣著寒酸的吳白，冷笑一聲，道：「你不就是為了錢嗎？我這可是為你好。多抽點血，說不定林家人可憐你，能多給點。」

吳白目光寡淡的看著他，不屑的冷笑一聲，轉身朝著外面走去。

路過病床的時候，他微微駐足，目光在病床上的女孩身上停留了一會兒。

他在武極大陸，可不單單是武帝那麼簡單，醫術、煉器、陣法、風水……樣樣精通。雖說現在沒了修為，但是經驗還在，他看一眼便知道這位林小姐的病症所在。

「爸爸。」

看到吳白出來，糖糖邁著小短腿跑過來。

吳白彎腰把她抱起來，結果腳下踉蹌了幾步，差點摔倒。

現在的身體太差勁了，抽了那麼點血就撐不住了。

「爸爸，糖糖是不是很重？你把糖糖放下來吧！」

吳白強撐著，抱著糖糖轉了兩圈，笑道：「妳看，糖糖一點都不重。」

糖糖的小臉上露出純淨的笑容，爸爸從來都沒這麼溫柔過。

「這位先生，真的是太謝謝你了。」

一個風韻猶存的婦人走過來，真切的對吳白道謝。

這個婦人和病床上的女孩眉宇間很相像，應該是母女沒錯了。

「不客氣，這都是我應該做的。」其實，都是太窮逼的……吳白心裡吐槽。

婦人拿出一張支票，感激的說道：「你救了我女兒，一點心意，請你收下。」

吳白沒有絲毫矯情和客套，因為這是他應得的。

可就在他準備伸手去接的時候，李醫師從病房出來，剛好看到。上前攔住婦人，陰險的看了一眼吳白，冷笑道：「林太太，您完全沒必要感謝他，因為他根本沒有抽夠血。」

婦人一怔，頓時著急道：「怎麼回事？血不夠嗎？」

吳白眼神冰冷的盯著李醫師，淡漠道：「我敬重白衣天使，卻瞧不起你這種披著白衣的雜碎，簡直就是給醫師臉上抹黑。」

李醫師眼神一凝。「小子，你敢罵我？」

「換個地方就不是罵你了，而是扁你。」

吳白的眼神突然間變得凌厲如刀，李醫師竟嚇得後退兩步，他從未見過如此可怕的眼神，讓他遍體生寒。

吳白冷聲道：「正常人捐血最多不超過五百毫升，我抽了六百毫升的血還不夠，難道要抽乾我的血你才滿意？

還有，就算這次林小姐醒了，過不了多久還是會暈過去。光靠輸血，根本就是治標不治本。」

林家人神色不善的盯著吳白，這話聽起來像是詛咒他們家人似的。

李醫師可算是逮到了機會，滿臉鄙夷。「你一個土包子在這裡胡說八道什麼呢？你是醫師還是我是醫師？林小姐只是因為踩空，從樓梯上滾下來撞到頭，失血過多，只要輸血就能醒過來。」

「你也算醫師？別給『醫師』這兩個字抹黑了，滾一邊去吧！庸醫。」

「你……」李醫師氣得臉色發青，他轉身看向那個身穿西裝，氣場強大的中年人，道：「林董，這小子分明不安好心，在詛咒林小姐，絕對不能輕饒了他，我看那十萬塊錢根本不用給他。」

林祥榮沉著臉，盯著吳白。「看你女兒在場，我給你留點面子，你走吧！別讓我再看到你。」

吳白冷笑。「看來你們是想要賴不給錢了？」

「你詛咒林小姐，還想要錢？沒打斷你的腿都是林董寬宏大量。」李醫師滿臉譏諷的說道。

吳白本想發作，但是看到一臉害怕的糖糖，最終還是強行壓制住心裡的火氣。

「你們……很好！」

吳白冷笑一聲，抱著糖糖走到電梯口。

可就在將要進電梯的時候，吳白腳步一滯，回頭看著林祥榮等人，淡漠道：「林小姐不是因為踩空摔下樓梯才昏倒，而是突然昏倒才滾下樓梯的。如果我沒猜錯，她不止一次昏倒，應該是經常性昏倒，而且昏倒的次數會越來越頻繁。如果再昏倒幾次，怕是再也醒不過來了。」

吳白說完，冷笑一聲，走進電梯。

「呵……真是不知天高地厚，張嘴就敢胡說八道。照我說，林董，他這樣詛咒林小姐，就應該派人打斷他的腿，給他長點教訓。」

李醫師獰笑著煽風點火，可他說完，卻發現沒人理他。扭頭看去，只見林家人皆是滿臉震驚。

林祥榮突然間變得激動起來，大喊道：「快！快去把那位神醫請回來，快去啊！」

林祥榮的大兒子林擎撒腿朝著電梯衝去，可電梯已經下行了。

「樓梯，走樓梯！一定要把神醫請回來，要是請不回來，你也別回來了。」林祥榮大吼。

林擎不敢耽擱，轉身朝著樓梯口衝去。

李醫師滿臉呆滯。「林董，您這是……」

林祥榮看了他一眼，語氣有些激動，道：「他說的一點沒錯，淡妝一直有突然暈厥的毛病。小時候幾年會暈倒一次，漸漸的越來越頻繁，現在一個月就會暈倒一次。」

「林淡妝」就是林小姐的名字。

李醫師傻眼了，一副痴呆相。

許久，他才回過神來，嘀咕道：「那小子是矇的吧！我們給林小姐做過全身檢查，什麼都沒查出來。」

林祥榮冷哼一聲，皺眉道：「別說你們，我遍訪名醫，國內外的名醫都看過，卻什麼都沒檢查出來。剛才那人只是進病房看了一眼淡妝，便說出她所有的病症，一絲不差，這能是矇的？他絕對是神醫聖手，有大本事。」

李醫師整個人都傻了，但還是不死心，說道：「林董，現在騙子可多了，你得多加小心，那小子說不定是從什麼管道得知了林小姐的病情。」

「閉嘴！」林祥榮眼神陰冷的看著李醫師。「你什麼意思？是不是不想我女兒的病好？淡妝的病只有我們家裡人知道，他從哪兒知道去？」

李醫師嚇得一哆嗦，林祥榮可不是他惹得起的，急忙道：「林董，您別生氣。我只是擔心您上當。」

林祥榮冷哼一聲。

李醫師不敢再吭聲，但是眼神陰鷙，充滿怨恨。

婦人突然間回頭對林祥榮吼道：「都是你，擺什麼臭架子，把神醫氣走了。要是找不回來，我跟你沒完。」

林祥榮頓時氣勢弱了，嘀咕道：「我哪知道他是高人啊！擎兒已經去請了，妳放心，不管付出什麼代價，我都會請他治好淡妝的病。」

第二章

兜比臉乾淨

林擎一口氣跑了七層樓梯，雙腿打顫，滿臉的汗。對於他這個嬌生慣養的富家大少來說，這次運動嚴重超標。

可他緊跑慢跑，還是晚了一步，眼睜睜的看著吳白帶著糖糖，上了一輛計程車揚長而去。

林擎還是有點腦子的，記下計程車車牌號碼，拿出手機一邊打電話，一邊朝著自己的車跑去。

吳白帶著糖糖來到宏遠商場，天涼了，他得給糖糖買幾件厚衣服。

這裡的衣服可不便宜，吳白兜比臉乾淨，但他一點都不擔心自己買不起，因為會有人替他買單。

商場的三層是童裝區，吳白抱著糖糖來到三樓，父女倆衣著寒酸，與這裡的環境格格不入。

「爸爸，我們來這裡做什麼呀？」

糖糖侷促的看著四周，她從來沒來過這麼漂亮的地方。

吳白笑道：「當然是給糖糖買漂亮衣服呀！」

誰知，糖糖突然間滿臉害怕，雙手緊緊的抱著吳白的脖子哭了起來。「爸爸，糖糖不要新衣服，糖糖以後聽爸爸的話，爸爸不要把糖糖賣了好不好？」

以前，她看到別的小朋友都有漂亮的衣服穿，她想讓爸爸給她買一件，結果卻被狠狠的打了一頓，還說要把她賣了。至此，糖糖心裡留下了陰影，看到吳白要給她買漂亮衣服，以為吳白要把她賣掉。

吳白心裡狠狠的一揪，自己上輩子真是個混蛋啊！

「糖糖乖，別哭。妳是爸爸的寶貝，爸爸怎麼捨得把妳賣了呢？爸爸保證，以後咱們也跟別的小朋友一樣，有很多好吃的，有漂亮衣服穿，可以背著小書包去上學。」

聽到可以背著小書包去上學，哭泣的糖糖寶石般的大眼睛裡露出希冀之色。跟她差不多大的小朋友都背著好看的小書包上幼稚園了，但是她只有羨慕的份。

「糖糖什麼都不要，不要漂亮衣服，不要小書包，爸爸不要把糖糖賣了好不好？」

糖糖害怕的摟著吳白的脖子，小小的身子在顫抖，她嚇壞了。

吳白心裡一陣揪痛，小聲安慰著糖糖。「糖糖別怕，爸爸不會賣了妳的。」

「真的嗎？」

吳白笑著伸出手。「爸爸保證，不會賣了糖糖。妳要是不信，我們蓋章。」

糖糖小臉上的恐懼之色淡了不少，小心的伸出小手跟吳白小拇指勾小拇指，大拇指貼在一起。「打鉤，上吊，一百年，不許變。」

「這下相信爸爸了吧！」

糖糖臉上終於露出笑容，點點小腦袋。

吳白抱著糖糖走進一家高級童裝店，一個身材妙曼，化著濃妝，尖下巴的店員走過來，漫不經心的問道：「要買衣服嗎？」

這個社會，都是先敬羅裳再敬人，狗眼看人低的人從來不缺。

吳白和糖糖穿著實在有些寒酸，而且吳白還是個瘸子，店員看向他們的眼神充滿輕蔑。

吳白微微皺眉，點點頭。「幫我女兒選幾套合適的衣服。」

店員漫不經心的說道：「我們這裡的衣服，一件最少都是五百起跳。」

吳白臉色一沉。「我有問妳價錢嗎？」

女店員大眼睛一翻，那長得誇張的睫毛能把帽子挑飛。露出一雙大大的白眼，輕蔑道：「我是好心提醒你，你可能走錯地方了，這裡不是小西門那種價格低廉的小市場。」

吳白徹底怒了。「你們經理呢？叫他出來！我想問問，你們的服務宗旨是狗眼看人低嗎？」

「你罵誰呢！」女店員像是抓狂的母狗，五官微微扭曲。「你也不瞧瞧你這副窮酸樣，這裡的東西你買得起嗎？我剛才已經很客氣了，你別蹬鼻子上臉。」

吳白冷笑。「妳那假鼻子能蹬嗎？我怕踩扁了起不來。」

「你說誰呢？一副窮酸樣，你這樣的窮鬼也配說我，也不看看自己什麼德行。這裡不是你這種人能進來的，趕緊滾吧！別髒了這兒的地兒。」

「不許妳欺負我爸爸，壞人！我討厭妳。」糖糖像隻憤怒的小獅子，哭喊著對女店員喊道。

女店員斜著眼睛。「小乞丐，還是讓這個死瘸子帶著妳去乞討、撿垃圾吧！妳爸是瘸子，妳也是廢物。」

啪！

一記響亮的耳光聲，女店員捂著臉，踉蹌了幾步，直接摔倒在地上。

這一幕，讓遠處幾個竊竊私語的女店員當場呆住了。

只有吳白甩甩手腕，自顧自的說道：「老子從不打女人，卻沒說過不打潑婦。果然我還是動手能力比動嘴強，可惜剛才抽血抽多了，身體有些虛，這一把掌勁兒小了些。」

女店員捂著臉坐在地上，難以置信的看著吳白，不敢相信這個一副窮酸相的男人敢打她。

這種事她不是第一次做，以往那些人被她羞辱了，都只能摸著鼻子認了，灰溜溜的離開。

吳白冷笑道：「不就是胸前比別人多填了二兩矽膠嗎？哪來的勇氣覺得自己比別人高貴？」

女店員終於回過神來，突然間扯著嗓子乾號起來，叫得跟殺豬似的：「你敢打我？老娘讓我男朋友砍死你這個狗東西。保全、保全！」

不多時，七、八個穿著灰色制服，拎著橡膠棍的保全衝了進來。

為首的男人應該是小隊長之類的，四十來歲，一臉橫肉。看到倒在地上的女人，急忙過去把她攙扶起來。「寶貝兒，妳這是怎麼了？」

一聲「寶貝兒」，讓吳白差點沒吐出來，太噁心了！

女人嘴歪臉斜的指著吳白怒吼：「他打我，你看我的我臉都被他打腫了。親愛的，你一定要給我出這口惡氣，不然晚上別上老娘的床。」

保全隊長凶狠的看向吳白，見吳白衣著寒酸，心裡頓時有了底，不屑的說道：「敢動我的女人，我看你是找死。給我打！打得連他媽都認不出來。」

幾個保全拎著橡膠棍，凶神惡煞的圍了過來。

「叔叔，不要打我爸爸、不要打我爸爸……」

糖糖嚇得直哭。

吳白眼神冰冷，他現在只是普通人，還瘸了一條腿，根本不是這些人的對手。冷聲道：「有什麼事衝著我來，別傷孩子。」

「給我打，別聽他嘰歪！」保全隊長怒吼。

幾個保全揮舞著橡膠棍衝了上來。

吳白俯身將糖糖護在懷裡，只要她不受到傷害就好。

「住手，都給我住手！」

就在保全的橡膠棍即將落到吳白身上的時候，一道身影疾衝過來，正是林擎。

砰！

其他人都停下了，但還是有個保全收勢不住，橡膠棍砸到吳白的後背上。

吳白吃痛，悶哼一聲。

林擎衝過來，一腳將那個保全踹得飛了出去。

「混蛋！你們都聾了，老子的話沒聽到嗎？」林擎暴跳如雷，怒吼著。

吳白嘴角微揚，心道：錢包來了。

這小子來得晚了點，害他挨了一棍子，該讓這小子怎麼補償呢？

吳白之所以沒錢還敢來這裡消費，就是算準了林擎會出現。

保全隊長斜著眼睛，一臉不屑。「唷呵！還來個多管閒事的。給我一起揍，出了事，老子擔著。」

林擎氣瘋了，吳白可是救他妹妹的唯一希望。這些人打了吳白不說，還想打他？

「你說什麼？你要打我？」

保全隊長不屑的冷笑道：「你算什麼東西？打你怎麼了？」

林擎臉都氣青了，怒吼道：「你們這些混蛋，吃我的、喝我的，我給你們發薪水，你們竟然要打我？」

林擎走到保全隊長面前。「來來來，打我，你動我一根頭髮，我弄死你！」

保全隊長愣了，就算他再傻也明白，林擎的身分不簡單。

林擎卻不管這些，掄圓了手臂，一巴掌抽得保全隊長踉蹌了幾步。

「打我呀！打呀！」

啪！揮手又是一巴掌。

保全隊長摀著臉，被林擎的氣勢震住了，弱弱的問道：「你……你到底是誰呀？」

「記住了，老子叫『林擎』，整個宏遠商場都是我林家的，你說我是誰？」

保全隊長嚇傻了，原來這個人是他們的金主爸爸——林家大少。

林擎怒吼道：「你不是要打我嗎？怎麼不動手？」

保全隊長努力擠出笑臉，但笑得比哭還難看。「林少，誤會，這都是誤會。」

說著，伸手一指吳白。「是他先鬧事的，他先動手打人的。」

啪！林擎揮手又是一巴掌。

「放屁！吳神醫怎麼可能無緣無故的打人？就你們這德行，我用腳趾頭都能想到誰錯誰對。」

林擎怒罵著，隨手拿出手機，撥通一個號碼。「張成峰，我在童裝區，立刻滾過來見我！」

保全隊長如喪考妣，摀著臉不敢吭聲。

窮不與富鬥，富不與官鬥，這是亙古不變的道理。

林擎把他臉都抽腫了，他卻一點也不敢怨恨，甚至心裡祈求林擎千萬別跟他計較。林家大少，想要弄死他這種小人物，實在太簡單了。

林擎掛斷電話，跑到吳白面前，頓時換上一副笑臉，討好的問道：「吳神醫，實在對不起，我來晚了，你沒事吧？」

吳白淡漠的看了他一眼，道：「只要是跟你們林家沾邊的人，都好大的威風。」

林擎心裡咯登一下，臉上笑容一僵。

他妹妹的病能不能醫治好，可全看吳白的心情。

林擎陪著笑臉。「吳神醫，醫院的事是我們錯了，我給你道歉，對不起。」

說完，看向幾個保全，怒吼道：「還愣著幹什麼？都給我滾過來給吳神醫道歉。」

幾個保全還有女店員走過來，朝著吳白鞠躬。

「對不起。」

保全隊長腆著臉，滿臉堆笑。「吳神醫，實在對不起，這都是誤會。您大人大量，就別跟我們計較了。」

說著，還不斷給女店員使眼色。

女店員心不甘、情不願的說了一聲「對不起」。

「妳應該跟我女兒說『對不起』。」

女店員咬著牙，又對糖糖生硬的說了聲「對不起」。

吳白將她的表現都看在眼裡，不由得冷笑一聲，對林擎道：「想要治好你妹妹的病嗎？」

林擎急忙點頭。「吳神醫，之前的事都是我們的錯，求你救救我妹妹。」

「想要我救你妹妹很簡單，把這些人全部開除了。」

幾個保全和女店員頓時慌了，這裡不但薪資高，而且福利好，他們不想失去這個工作。

女店員有些怨恨的說道：「我們都已經道歉了，你別太過分。」

「不是所有的『對不起』都能換來一句『沒關係』，你們說『對不起』，我就得原諒你們？

我這個人向來睚眥必報，妳應該慶幸我女兒在場，要不是怕嚇到她，你們丟的就不是工作了，而是命。」

吳白眼神寡淡，不帶一絲感情的說道。

在場的人皆是遍體生寒，他們有種感覺，吳白沒開玩笑，他是認真的。

就在這時，一個身穿西裝，四十餘歲，頭髮稀疏的中年男子氣喘吁吁的跑進來。

「林少，你來了怎麼不打個電話，讓我去接你呢？」

林擎冷笑道：「我怎麼敢勞煩張經理大駕呢？」

張成峰是這裡的經理，這家商場就是他負責管理。他也是個老江湖了，聽到這話，頓時嚇出一身冷汗。

「林少，到底發什麼了什麼事？」

林擎指著幾個保全。「這些人是你招進來的吧？你的眼睛要是沒用就捐了吧！什麼玩意兒都招進來，差點傷了我的貴客，還嚷嚷著要打我，你就是這麼管理的？」

張成峰額頭冷汗直流，陰狠的看了一眼幾個保全。

「林少，您放心，這件事我一定查清楚，給您一個交代。」

林擎冷笑道：「還查個屁啊！讓幾個蠢貨都給我滾蛋。還有你，再發生這樣的事情，你也給我滾蛋。」

「是是是，林少息怒，我馬上辦。」張成峰點頭哈腰的陪著笑臉。

「還有，給吳神醫辦一張特殊VIP卡。記住，要獨一無二的那種。以後吳神醫來這裡消費，全部記在我的帳上，明白嗎？」

張成峰看了一眼落魄的吳白，心裡直泛嘀咕，這又是哪位大神？

「林少放心，我現在就去辦。」

林擎揮揮手，厭煩道：「滾滾滾，別在這裡礙眼。」

張成峰厲聲道：「你們都跟我來！」

幾個保全滿臉怨恨的盯著保全隊長和女店員，要不是這倆蠢貨，他們也不至於丟了工作。

等人都走完了，林擎陪著笑臉。「吳神醫，你看我這樣處理，還行嗎？」

吳白面無表情的點點頭。

「那我妹妹的病……」

吳白淡漠道：「取紙筆來。」

林擎朝著一個店員喊道：「還愣著幹什麼？快把紙和筆拿來。」

女店員急忙送來紙筆。

吳白接過來，刷刷刷一口氣寫了十幾種藥材，然後交給林擎，道：「記住，備齊這上面的藥材，每一株的年分都不能低於五十年。當然，若是能找到玉髓就更好了。」

林擎不解的問道：「吳神醫，這玉髓是什麼東西？」

「一些古玉裡面會長出玉髓，也就是玉胎，也有人喚作『玉心』。」

林擎急忙點頭。「吳神醫放心，我會努力找到玉髓的。」

吳白微微點頭，隨即看向旁邊的女店員，隨手指向貨架上的衣服。「這件、這件，還有這些，都給我包起來。」

女店員急忙照辦。

林擎恭聲道：「吳神醫，您還有什麼要吩咐的嗎？」

吳白沉吟了片刻，看向女店員打包好的衣服，對林擎說道：「拎東西。」

林擎微微一怔，他可是林家大少，竟然把他當小弟使喚。

不過，即使心裡有些彆扭，他還是接過女店員包好的衣服。

吳白道：「糖糖，妳還喜歡哪件？」

「爸爸，好多衣服了，糖糖都穿不完。」糖糖開心的說道。

吳白道：「那行吧！過陣子新款上市了，爸爸再帶妳來。」

吳白說著，抱著糖糖出門，來到五樓男裝區，給自己挑選了幾套衣服和鞋子之類的。

林擎跟個小弟似的，在後面拎著一大堆東西。

出了商場，林擎把東西放在車上，恭敬的問道：「吳神醫，您住哪兒？我送您回去。」

吳白想了想自己又小又破的家，家徒四壁，實在嫌棄。「你幫我找一處地方住，這樣方便你找我。」

林擎急忙點頭，他也擔心關鍵時候找不到吳白。

「吳神醫，我在林溪郡有幢別墅，您要不去看看？若是不滿意，我再給您換地方。」

吳白微微頷首。

林溪郡是有名的富人區，寸金寸土，環境優美，住在這裡的人非富即貴，吳白沒出事時就是住在林溪郡。

林擎開車帶著吳白來到林溪郡一幢三層別墅前，前帶小院，樓頂是泳池。

林擎打開門請吳白進去。

糖糖拘謹的摟著吳白的脖子，她從來都沒見過這麼漂亮的房子。

裝潢極其考究，地上鋪著厚厚的地毯，落地無聲，整體以黑白為主，素雅低調又不失奢華。

「吳神醫，您看這裡還行嗎？」

吳白微微點頭，隨意道：「還行。真沒看出來，你的品味不錯。」

林擎尷尬的撓撓頭。

「行了，你可以回去了，找齊我寫給你的東西再來找我。」

「吳神醫，那我就先告辭了。」

林擎苦笑，他堂堂林家大少，當了一天小弟，到最後連一口水都沒喝上，就被趕出去了。

如果他知道吳白要他找的東西根本不是為了救她妹妹，估計他得瘋了。

那些草藥和玉髓，是吳白自己要的，他需要恢復修為。只有修為恢復了，才能醫治好林擎妹妹的病。

吳白把糖糖放下來，摸摸她的小腦袋，溫柔的問道：「糖糖，喜歡這裡嗎？」

糖糖拘謹的抱著吳白的腿，像是害怕自己踩髒了地上的地毯似的。但她真的很喜歡這裡，點了點小腦袋。

吳白笑道：「那以後這裡就是我們的家了。」吳白說的心安理得，沒有一丁點的不好意思。

林擎妹妹的病，藥石難醫，除了他，這個世界上沒幾個人能醫治好。一條命，換一幢別墅，林家賺大了。

「爸爸，我們以後真的可以住在這裡嗎？」

「當然了，以後這裡就是糖糖的家了。糖糖，爸爸以前對不起妳，以後一定會加倍彌補妳的。」

他虧欠糖糖的太多了，以後他一定要將這個世界上最好的東西都送到糖糖面前。

糖糖開心得眼睛笑成了月牙，這是她出生以後最開心的一天了。有新衣服穿，有大房子住，最重要的是爸爸變了。

「走，爸爸先帶妳去洗個澡，然後我們換上漂亮衣服。」

吳白帶著糖糖洗了個澡，然後給她換上新衣服。

糖糖的皮膚很白，眼睛大大的，粉雕玉砌，像個大號的洋娃娃，完美的繼承了吳白的優點。

「爸爸，糖糖漂亮嗎？」

「漂亮，糖糖是世界上最漂亮的。」

糖糖開心的在鏡子前跳來跳去，笑得合不攏嘴，她穿上新衣服了。

「糖糖，你自己玩，爸爸也去洗個澡。」

「嗯！」糖糖乖巧的點點頭。

吳白洗了個澡，換了身休閒西裝。

吳白其實長得很帥，劍眉星目，五官立體，面容堅毅，很容易讓人產生信任，隨便打扮一下，說是「玉樹臨風」一點都不為過。

可是，當他走路一瘸一拐的時候，他的眼神變得冰冷。

「李爭鳴，等我去找你……」

吳白收斂思緒，來到樓下，看到糖糖拘謹乖巧的坐在沙發上，大大的眼睛看著茶几上的果盤，想拿又不敢的樣子讓吳白心酸。

「糖糖是不是餓了？」

糖糖不好意思的點點小腦袋。

吳白拿起一個蘋果，削了皮，遞給糖糖。「糖糖，以後這裡是咱們家，妳想吃什麼就吃，不用拘束，知道嗎？」

糖糖點點頭，舉起蘋果。「爸爸吃。」

吳白咬了一口，摸摸她的小腦袋。「妳吃吧！爸爸去廚房看看，如果有食材，給妳做頓好吃的。」

來到廚房，打開冰箱，發現裡面竟然應有盡有。上面的日期也是最近的，看來這幢別墅有專人打理。

在武極大陸的時候，吳白涉獵各個領域，不止修為高深，醫術超群，廚藝也不錯。

武極大陸有很多凶禽猛獸，太古遺種，牠們的血肉可以提升修為，吳白為此專門學了廚藝。

說起來，他可以算是一個資深吃貨，而且很挑剔。到最後，一般的凶禽猛獸難入他的法眼，非太古遺種不吃。

吳白取出食材，麻俐的做了四菜一湯，色香味俱全。

「糖糖，吃飯囉！」

吳白把菜端上桌。

糖糖跑過來，小鼻子嗅了嗅，垂涎欲滴。「好香啊！這些都是爸爸做的嗎？」

「當然了。」

吳白把糖糖抱起來，放在椅子上，把筷子遞給她，又拿起一雙筷子夾菜給她。

糖糖嘗了一口，寶石般的眼睛一亮。「太好吃，爸爸好棒！糖糖太幸福了。」

「喜歡吃就多吃點，爸爸以後天天給妳做。」

糖糖平時吃的都是剩飯剩菜，有時候吃的東西都發霉了，她從來沒吃過這麼好吃的飯菜。

「爸爸，你也吃。」

吳白點點頭。

不一會兒，糖糖吃得小肚子圓滾滾的，吳白不敢再讓她吃了，怕撐壞了。

糖糖開心得眼睛笑成了月牙，她今天真的是太幸福了。

吃完飯，糖糖開始收拾碗筷。

吳白看著她熟練的樣子，不免感到一陣心酸。這麼大的孩子，哪個不是父母的心肝寶貝，可糖糖卻懂事得讓人心疼。

「糖糖，這些爸爸收拾，妳去客廳看卡通吧！」

糖糖眼睛亮晶晶的，充滿了希冀。

這麼大的孩子，沒有不喜歡看卡通的，可是以前家裡的電視都被吳白賣了錢拿去賭博了。

「爸爸，糖糖真的可以看卡通嗎？」糖糖小心翼翼的問道。

第三章

突破

吳白俯身抱起糖糖，在她粉嫩的小臉上輕啄一口：「當然可以了，但是不能看太久，對眼睛不好。」

「嗯！」糖糖乖巧又開心的點點小腦袋，然後在吳白的臉上親了一口。「謝謝爸爸。」

有女萬事足，這一刻，吳白心裡充滿了溫馨。

翌日，清晨——

吳白起床做好早餐，然後叫糖糖起床。

「哇！好漂亮呀！爸爸是最棒的。」

吳白把普通的煎蛋做成了愛心的形狀，糖糖都不捨得吃了。

父女倆正在享用愛心早餐，門鈴響了起來。

吳白起身走過去打開門，林擎站在外面，手裡拿著幾個木匣子，吳白聞到了濃郁的藥香味。

林擎恭聲道：「吳神醫，你要的東西，我都找齊了。」

「進來說。」

吳白讓開身子，讓林擎進來。

林擎把東西放在茶几上。「吳神醫，你看看，是不是你要的東西？」

吳白打開盒子檢查了一遍，心裡驚訝。林家的勢力當真不小，一夜之間就找齊了這些草藥。尤其那塊玉髓，指甲蓋大小，但是質地清澈，純淨如琉璃。

吳白心裡一片火熱，有了這些東西，他便能順利的突破。

吳白點點頭。「辦得不錯。」

林擎滿臉欣喜，問道：「吳神醫，那你什麼時候幫我妹妹治病？她……」

「她到現在還沒醒是吧？」吳白接過他的話，說道。

林擎滿臉驚訝，急忙道：「吳神醫不愧是神醫。」

吳白淡淡的說道：「這是正常的，你妹妹隨著年齡增長，不止暈厥的頻率會增加，每次昏迷的時間也會變長。林少，你現在回去守著你妹妹，不許任何人靠近，尤其是那個庸醫。你妹妹下午應該會醒過來，等她醒了，給我打電話，到時候我會趕過去給她醫治。」

「謝謝吳神醫。」

吳白擺擺手。「趕緊去吧！」

林擎告辭，轉身離開了。

吳白和糖糖吃完早餐，便開始著手準備恢復修為。

若是還有修為，只須將這些草藥和玉髓煉化吸收便可；但是現在，他只能用最笨的辦法，那就是藥浴。

吳白找來一口大鍋，將那些藥材全部丟進去，開始熬煉。

這是一個漫長的過程，整整熬了五個多小時，鍋裡的藥材都熬化了，水都變得黏稠了才算完事。

「糖糖，妳乖乖在下面看電視，爸爸上去休息一會兒。妳要是餓了，就先吃些水果，爸爸醒了給妳做好吃的好嗎？」

糖糖乖巧的點點頭，應了一聲。

吳白端著那一鍋黑乎乎的藥湯來到二樓的一個房間，然後全部倒進浴缸裡，再加進水。

隨即，他將玉髓含在口中，脫掉衣服跳進去，盤坐在浴缸裡，五心向天，手指掐著古怪的印記。

生死訣——這是吳白自創的功法，威力恐怖，震徹天地。

吳白開始運轉生死訣，不愧是他自創的功法，重新修煉，格外順利。

只見浴缸中的藥液突然間暴動起來，繞著吳白的身體緩緩遊走，藥液順著他的毛孔往身體裡面鑽。

吳白嘴角微揚，重新走老路，比他想像中要順利得多。

藥液進入吳白的體內，化作一條條頑皮的小蛇，吳白引導著小蛇在奇經八脈、四肢百骸間遊走，溫養筋脈和骨骼。

吳白呼吸平穩，胸膛極有規律的微微起伏，肌膚散發出溫潤如玉的光澤。在他的丹田部位，竟然有一個白黑相間的生死圖緩緩旋轉，像極了太極圖，卻不是太極圖。

這是吳白自創的生死訣，白為生，黑為死。平時，黑白兩色相互制衡；但是當吳白發怒的時候，黑色會吞噬白色，戰鬥力倍增，這就是生死訣的可怕之處，可越級戰鬥。

三個多小時過去，吳白依舊一動不動，只有浴缸中的藥湯開始變得清澈。

就在這時，吳白的右腿骨骼發出刺耳的喀喀聲，像是將骨骼打碎，然後重塑。

吳白英俊的五官變得扭曲，渾身劇烈的顫抖，眉宇間充滿了痛苦。

這是在修復腿上的傷勢。

喀喀聲的骨骼摩擦聲不斷，整整持續了半個多小時。就在這時，吳白口中的玉髓被煉化，化作一道充盈的靈氣，遊遍全身，最終歸於右腿。

於此同時，吳白的毛孔開始往外排出黑色的汙漬，並且伴隨著腥臭味，這是他身體中的雜質。

轟！

突然間，一股恐怖的氣息從吳白身上擴散而出，浴缸瞬間炸裂，旁邊的馬桶、洗臉檯都被這股可怕的氣息震裂，整幢別墅都劇烈的震顫起來。

吳白一躍而起，渾身散發著溫潤的光澤。他雙拳緊握，感受著體內澎湃的力量，忍不住放聲大笑起來。

他成功了！

武道分三階九品，三階——人階、天階、神階，每一階又分上、中、下三品。

別小看這三階九品，一品一重山，每一重之間如同難以跨越的鴻溝。

吳白現在是人階下品，這個境界也被稱為「內應外感」，可溝通天地靈氣修煉。

以吳白現在的戰鬥力，可輕鬆幹掉數十個手持冷兵器的菁英戰士，徒手斷肢，可以輕鬆捏爆敵人的腦袋。

當初，他為武帝時，便是神階上品，也被稱為「與道合真」。到了這個境界，我身即宇宙，宇宙即我身。逍遙自在，真如不二，永恆不滅。

吳白緩緩抬起手，掌心真元湧動，在掌心形成一道漩渦，周圍十米內的空氣瞬間扭曲。

以術求長生其實都算修真體系，武修也是修真的一種。

武極大陸也有許多修仙者，掌握著強大的仙術。但吳白瞧不上他們，修仙者雖然能力強大，但是肉體太過脆弱，他喜歡赤手空拳打爆一切的感覺。

就在吳白沉浸在突破的喜悅時，敲門聲響起，外面響起糖糖急切的聲音——

「爸爸、爸爸，你沒事吧？爸爸……」

應該是他剛才突破的動靜太大，嚇到了糖糖。

吳白急忙穿上衣服，走過去打開門，看到糖糖小臉上滿是驚恐。

吳白俯身把她抱起來。

「爸爸，剛才好大的動靜，好嚇人。」糖糖害怕的說道。

「別怕，剛才爸爸在洗澡，浴缸突然間裂了，爸爸沒事，別擔心。」吳白溫柔的安撫著她。

就在這時，手機響了，是林擎打來的電話，說他妹妹醒了。

吳白便帶著糖糖來到醫院。林祥榮、林擎……家人都守在病房外。

李主任也在，目光不善的看著吳白。

吳白冷笑一聲，直接無視了他。

「吳神醫，你來了。」

林祥榮上前跟吳白打招呼，態度比上次好了不止一倍。
吳白只是淡淡的點了點頭。
「吳神醫，真的跟你說的一樣，我妹妹下午醒了。」
林擎上前，看向吳白的眼神裡充滿了敬佩。
吳白把糖糖放在旁邊的椅子上，道：「糖糖，妳在這裡乖乖的等爸爸。」
「嗯！」糖糖乖巧的點點頭。
吳白看向林擎。「給我女兒準備些吃的，趕得太急，都沒來得及吃飯。」
「吳神醫放心，這事包在我身上。」林擎拍著胸口保證。
「那我先進去看看。」
吳白走進病房。
林淡妝雖然醒了，但是俏臉慘白，很是虛弱，還吊著點滴。看到林祥榮帶著一個陌生男人進來，林淡妝眼神裡充滿了疑惑。
林祥榮道：「淡妝，這位是吳神醫。妳這次能醒來，全靠吳神醫輸血給妳。」
林淡妝看著吳白，淺淺的笑了起來，虛弱的說道：「吳神醫，謝謝你。」
「不客氣。」吳白說著走上前，直接拔掉了林淡妝手上的針頭。
「你幹什麼？誰讓你亂動的？這是營養針，林小姐現在很虛弱，你是不是想害死她？」李主任大聲喝斥起來。

吳白回頭，面無表情的看了他一眼，淡漠道：「去給我拿一副銀針來。」

「你算什麼東西？憑什麼命令我？」李主任不屑的說道。

林祥榮臉色一怒。「讓你去你就去，哪來這麼多廢話？耽誤了吳神醫醫治，我唯你是問。」

李主任嚇了一跳，要是惹怒了林祥榮，別說他這個主任做到頭了，整個晉江市怕是都沒有他的立足之地。

他怨憤的瞪了一眼吳白，扭頭離開。

吳白握住林淡妝白皙嫩滑、柔若無骨的小手。這突然間的舉動，讓林淡妝俏臉上浮現一層淺淺的紅暈。

但是下一秒，她感覺到一股溫和的力量順著她的手湧進身體中，將她的虛弱一掃而空。她感覺自己渾身充滿力量，不禁舒服的發出一聲呻吟。

林祥榮夫婦卻是瞪圓了眼睛，滿臉震撼，因為林淡妝原本蒼白的臉色以肉眼可見的速度變得紅潤起來。

吳白緩緩收回手。「林小姐，感覺怎麼樣？」

林淡妝竟然掙扎著坐了起來，這個動作說明了她現在狀態很好。要知道，之前她連靠在床頭都覺得累。

婦人上前，滿臉驚喜的扶著林淡妝。「淡妝，妳覺得怎麼樣？」

林淡妝驚喜的說道：「我感覺自己好像沒生病一樣。」

「神了！不愧是神醫。」林祥榮滿臉激動。「吳神醫，我為之前的不敬向您道歉，請您原諒。」

吳白淡漠道：「過去的事了，不用再提。」

「吳神醫不愧是高人，這胸襟非尋常人所能比擬。」

林祥榮一記馬屁拍了過來。

人吃五穀雜糧，沒有不生病的。尤其是他們這樣的有錢人，擁有花不完的財富，比普通人更怕死。跟一個神醫交好，就相當於給自己的生命上了一道保險。

就在這時，李主任取來了銀針。

吳白接過來，淡漠道：「你可以出去了。」

李主任臉都黑了，咬牙切齒的說道：「我是林小姐的主治醫師，她的情況我最了解。你要給林小姐醫治，我必須在旁邊。」

「滾蛋！」吳白毫不客氣的說道。

李主任臉色一怒，還沒來得及發火，林祥榮先怒了。「吳神醫讓你滾出去，沒聽到嗎？」

李主任氣得差點把臼齒咬碎，黑著臉，轉身出去了。

吳白看向林祥榮。「你們也出去。」

林祥榮怔了半晌，回過神道：「行，那我們先出去。吳神醫若是有什麼需要，我們就在門口，您喊一聲就行。」

吳白微微頷首。

病房裡只剩下吳白和林淡妝，吳白看向林淡妝。「我們開始吧！」

林淡妝淺淺的點了點頭。

「把上衣脫了。」

林淡妝霍然瞪圓了大大的眼睛，像是受驚的小兔子。

她穿著病人服，裡面是空的，什麼都沒穿。當著一個大男人的面脫衣服，她做不到。

吳白也有些窘迫，但是想要治好林淡妝的病，必須如此。

「林小姐，病不忌醫，我並非要占妳便宜，別多想。」

林淡妝俏臉緋紅，她能不多想嗎？她輕輕咬著嘴唇，遲遲沒有動作。

吳白無奈的嘆了口氣，低頭抓住床單，滋啦一聲，撕下來一條布條，蒙住白己的眼睛。

「這樣行了吧？」

林淡妝伸出手，悄悄在吳白眼前晃了晃。

「放心吧！我看不到的。」

林淡妝像是受驚的小兔子，急忙縮回手，大大的眼睛裡寫滿了不相信。心想：看不到你怎麼知道我的手在你眼前晃過？

吳白像是知道她的心思，開口道：「雖然看不到，但是妳的手在我眼前晃過的時候，我能感覺到。林小姐，請相信我。」

林淡妝看著五官俊朗，表情誠懇的吳白，悄悄點了點頭。

她手指顫抖著脫掉衣服，因為害羞，肌膚上泛起了一層粉紅色的小疙瘩，聲音微微顫抖：「我……我準備好了。」

「林小姐，一會兒會有點疼，若是妳承受不住，抓住我的手。」

林淡妝小聲應了一聲。

「那我開始了。」

吳白拈起一根銀針，雙指輕揮，銀針隔空精準的扎進林淡妝的穴位。

林淡妝瞪圓了眼睛，被吳白這神奇的施針手法驚呆了，甚至忘記了害羞。

吳白一手拿著銀針袋，一手隔空施針，瞬間已經施了十七針。

「林小姐，最後一針，忍住。」

吳白說著，最後一針已經施出。

林淡妝悶哼一聲，身子輕輕一顫，眉宇間充滿了痛苦。

她感覺肌膚下像是有數百隻螞蟻攀爬撕咬，氣血沸騰，像是要從毛孔中滲出來，而且疼痛感越來越強烈。

林淡妝滿臉痛苦，額頭的青筋都爆了起來，額頭、鼻尖滲出細小的汗珠。

她實在支撐不住了，顧不上害羞，顫抖著伸出手，握住吳白的手。

她知道吳白有種神奇的能力，畢竟之前就讓她的虛弱一掃而空。

吳白的手被抓住，他知道林淡妝撐不住了，頓時運功，溫和的氣息順著她的玉手渡進她的身體，溫養她的筋脈骨骼，助她緩解疼痛。

林淡妝清楚的感覺到一股溫和舒服的氣息傳進她的身體，她的疼痛感減輕了許多。

「謝謝。」

林淡妝聲音小到只有自己聽到，主動把手交到一個男人手裡，這讓她很羞澀。

吳白耳力驚人，只是微微點了點頭。

「看看妳的左手臂上是不是有一道血線。」

林淡妝低頭看去，果然在左手手腕位置有一道淺淺的血線，有五、六公分長。

「是。」

吳白左手抽出一根銀針，精準的扎在那條血線的一端。

林淡妝張大了小嘴，俏臉滿是震驚。

只見吳白的指尖有奇怪的力量閃爍，有鮮血順著銀針蜿蜒攀爬，她胳膊上的血線正在緩緩消失。

最終，銀針變成了血針，她胳膊上的血線也徹底消失。

吳白飛快的拔出銀針，林淡妝發現身上的疼痛消失了，有種說不出的輕鬆，精氣神彷彿都回來了。

吳白出手如電，將她身上的銀針都取了下來，插進銀針包裡面，轉過身對林淡妝說道：「林小姐可以穿上衣服了。」

一陣窸窸窣窣的穿衣聲，沒一會兒，只聽林淡妝小聲道：「吳神醫，我穿好了。」

吳白這才取下眼睛上的布條，看向林淡妝。見她起色紅潤，微微點了點頭。

「恭喜，妳的病好了。」

林淡妝驚喜道：「這麼說，我以後不會再無緣無故的暈倒了？」

吳白微微頷首。

「謝謝吳神醫。」

林淡妝俏臉上滿是欣喜。

「不客氣，妳現在就可以出院了。」

吳白說完，轉身朝著外面走去。

若是仔細看，吳白的額頭滲出一層稀薄的冷汗。

他修為在身，耳聰目明，那條白布擋不住他全部的目光。對著一具完美的嬌軀施針，他差點破防。

看到吳白走出來，林祥榮幾人急忙走過來。

「吳神醫，我女兒的病怎麼樣了？」

吳白微微點頭。「已經好了，可以出院了。」

「謝謝吳神醫、謝謝吳神醫！」

林祥榮夫婦感恩戴德，連連道謝。

嘴上謝有個屁用？還不如來點實際的，這些人真不會辦事……吳白心裡吐槽，畢竟他現在真的很窮。

糖糖放下手裡的麵包、牛奶，從椅子上爬下來，又把牛奶、麵包抱在懷裡跑過來。

「爸爸，叔叔給我買好吃的，這些是糖糖留給爸爸的。」

吳白俯身把她抱起來，在她的小臉上親了一口。「謝謝糖糖，妳吃飽了嗎？」

林擎苦笑。「吳神醫，她一口都沒吃，我怎麼勸都沒用，說是要留給你，吳神醫的女兒真的是太懂事了。」

吳白心疼的親親她的小臉，他知道，對於糖糖來說，這些東西是她以前想都不敢想的；有剩飯剩菜吃，不餓肚子就不錯了。

「糖糖吃，爸爸不餓。」

吳白撕開麵包遞到糖糖嘴邊，糖糖卻搖搖小腦袋。「爸爸先吃。」

吳白無奈，只能先咬了一口，然後遞給糖糖，糖糖這才小口吃了起來。

「吳神醫，您先稍等一下。我進去看看我妹妹。」

吳白微微頷首。

沒一會兒，林祥榮走了出來，身後還跟著李主任。

「林董，我建議還是讓林小姐再住院觀察一下。這樣的江湖郎中並不可靠，肯定是用什麼土方子讓林小姐暫時恢復，萬一林小姐出現什麼後遺症……」

啪！

李主任的話還沒說完，林祥榮轉身就是一巴掌。

李主任被打得踉蹌了幾步，摀著臉，呆呆的看著林祥榮。

林祥榮指著他的鼻尖怒道：「你這庸醫！自己醫術不行還要汙衊吳神醫，竟然還敢詛咒我女兒。你是不是活膩了？我勸你趕緊辭職滾蛋，別逼我對付你。」

李主任臉色大變，哀求道：「林董，我錯了，您消消氣，我嘴臭，求你再給我一次機會吧！」

「滾！」林祥榮怒吼道：「是你自己離職滾蛋，還是我出手，你自己掂量。」

李主任臉色慘白，如喪考妣。他知道自己這個主任是做到頭了，自己離職還好，若是林祥榮出手，晉江市將再無他的立足之地。

吳白嘴角微微揚起，他知道林祥榮是做給他看的，想要跟他交好，逼李主任滾蛋就是林祥榮送給他的大禮。

林祥榮冷哼一聲，來到吳白面前，頓時換上一副笑臉，道：「吳神醫果然醫術精湛，藥神再世，真的謝謝您救了我的女兒。」

說著，從西裝的內袋裡拿出一張早就準備好的支票，雙手遞過來。「吳神醫，一點小意思，不成敬意，還希望您別嫌棄。」

吳白微微一笑，接過來看了一眼。五百萬，比他想像中要多，這林祥榮出手夠大方的。

「吳神醫，您看還有什麼需要我做的，儘管開口，千萬別客氣。」

吳白淡淡的說道：「其實也沒什麼，就是我女兒很喜歡林溪郡的那幢別墅，不知道林董能不能讓我們多住些時間？」

糖糖，別怪爸爸拿妳當藉口，實在是爸爸也要面子，不好意思直接霸占人家的房子……吳白心裡默默的說道。

林祥榮沒有絲毫猶豫的說道：「吳神醫，您太客氣了。您治好了我女兒的病，這點要求算什麼？我明天就讓人把那幢別墅過戶到吳神醫名下。」

吳白微微一笑。「這怎麼好意思？」

「吳神醫，您可千萬別這樣說，您醫治好了我女兒的病，別說一幢房子，就是十幢都不過分。您可千萬要收下，不然我睡覺都不踏實。」

「好吧！那就多謝林董了。」吳白沉默了片刻，說道，勉為其難的答應了。

「吳神醫千萬別跟我客氣。吳神醫，不知道您明天晚上有沒有時間？我想請您吃頓飯，感謝您治好了淡妝的病。」

吳白想了想，微微點頭，笑道：「林董，那明晚見，我就先告辭了。」

「我讓人送吳神醫回去。」

「不用了。」

吳白抱著糖糖，朝著電梯口走去。

便在這時，一旁的李主任眼底突然爆發出強烈的恨意，手裡多出一把鋒利的手術刀，發瘋似的朝著吳白衝了過去。

林祥榮嚇得臉色大變，大喊道：「吳神醫，小心！」

吳白嘴角揚起一抹冷笑，抱著糖糖猛地轉身，一腳踹出……

第四章

李爭鳴

砰！

李主任慘叫著倒飛出去，重重的摔在林祥榮面前，身子一顫，嘴裡噴出一大口鮮血。

林祥榮驚得目瞪口呆，他跟吳白的距離大概有十米遠，也就是說吳白一腳把一個一百五十多斤重的人踹飛十多米，這力量完全超越正常人類的範疇。

林祥榮從震驚中回過神，心裡驚駭。看來他還是小看了吳白，這個人不僅僅是醫術高超，而且還有著超乎常人想像的身手。

他低頭看向李主任，只見李主任嘴裡不斷湧著血沫子，胸前都塌陷下去一片，心裡更加震驚。

吳白擋住糖糖的眼睛，怕嚇到她，看向林祥榮。「林董，這件事得麻煩你了。」

林祥榮點點頭。「吳神醫放心，他這是故意殺人，您是被迫自衛。放心，我來解決。」

「謝謝，算我欠你一個人情。」

吳白說完，冷冷的看了一眼李主任，不屑的冷哼一聲，隨即轉身帶著糖糖走向電梯。

若非這裡是醫院，殺人會很麻煩。不然光他那一腳，李主任早就去找閻王報到了。

吳白離開醫院，帶著糖糖，搭車回到社區。

這裡是高級社區，管理嚴格，計程車是不讓進去的，吳白只能在社區門口下車，準備走進去，結果他被社區保全攔了下來。

「先生，請問你找誰？」

一個瘦瘦高高的保全敬了個禮，問吳白。

吳白揚了揚手裡的鑰匙，笑著道：「我住在這裡。」

保全懷疑的看著吳白，因為他在這裡工作很久了，吳白很面生。

「是這樣的，我是昨天才搬進來的，你不認識我很正常。」

保全點點頭。「為了社區住戶的安全，還請先生登記一下。如果可以的話，一會兒我想跟著先生去看看。」

吳白微微頷首，保全也是盡自己的職責，他沒必要為難別人。

吳白抱著糖糖，跟著保全來到保全室登記。

便在這時，外面響起急促的汽車喇叭聲。

「先生，您先登記，我出去看看。」

吳白點了點頭。

吳白剛登記完，就聽見外面傳來保全憤怒的聲音——

「你憑什麼打人？」

吳白抱著糖糖走了出去。

外面停著一輛銀灰色的超跑，超跑旁邊站著一個濃妝豔抹，身材火辣的女子，還有一個身穿西裝，戴著金絲邊眼鏡的男人。

保全摀著臉，憤懣委屈的看著西裝男。

當吳白的目光落到西裝男身上，眼神陡然變得一片冰冷。

西裝男像是有所察覺，轉身看來。

當他看到吳白的時候，眼神狠狠的收縮，臉上閃過一抹掩飾不住的慌張，更多的是驚恐，形如見鬼。

過了許久，西裝男的表情才恢復正常，他盯著吳白。「你怎麼在這裡？」

吳白雙目如刀，眼神凌厲如鷹隼，盯著西裝男。「你知道我還活著？」

這個人，就是將他推下懸崖的李爭鳴！

從李爭鳴的話中可以得出一個結論——他知道吳白當年摔下懸崖沒死，不然他應該說「你還活著」，而不是問吳白怎麼會在這裡。

李爭鳴眼底閃過一抹慌亂，但是很快就冷靜下來，不屑的看著吳白。

當年將吳白推下懸崖，事後沒發現屍體，經過調查，他才知道，吳白命大活了下來，卻成了殘廢。

他本來想派人殺了吳白，但之後又放棄了這個計畫。不是他還有一絲良心，而是他要看著吳白這個殘廢像條狗一樣悽慘的活著。

李爭鳴眼神陰鷙，獰笑起來。「我當然知道你還活著，而且還斷了一條腿，成了殘廢，你怎麼會出現在這裡？你不是應該在那座小破村，瘸著腿，守著你那個山野村姑過日子嗎？不對，我想起來了，那個山野村姑好像被車撞死了。你一個瘸子，帶著一個拖油瓶，活得很辛苦吧？」

吳白眼底殺機閃爍。

「李爭鳴，她的死，也是你做的吧？」

李爭鳴獰笑著。「你可別冤枉我，你要認為是我做的，便拿出證據。不過，就你現在這副廢物樣，就算有證據，你又能奈我何？哈哈哈……」

吳白心裡戾氣翻湧，李爭鳴這刺耳的笑聲，跟當年將他推下懸崖時一樣。

他很想一拳打爆李爭鳴的腦袋，但是這樣太便宜李爭鳴了。

「李爭鳴，你從我這裡拿走的東西，我會一件一件的拿回來。你帶給我的痛苦，我會讓你百倍償還。」

李爭鳴不屑的獰笑道：「就憑你這個廢物？我現在是商業新貴，是凌天集團的董事長，身價幾十億。你算什麼東西？一個殘廢，一個瘸了腿的廢物，你拿什麼跟我鬥？」

吳白的眼神變得寡淡如水，不帶一絲感情的看著李爭鳴。「你會付出代價的，我保證。」

說著，一步步的朝著李爭鳴走過去。

李爭鳴眼神狠狠的收縮，滿臉不可思議的尖叫道：「你的腿……這不可能！你的腿怎麼可能恢復？」

「這個世界上沒有什麼不可能。李爭鳴，你永遠不會知道，為了這一天，我經歷過什麼。」

吳白一步步向前，李爭鳴被吳白的氣場震懾，不由自主的往後退去。

「李少，這人是誰啊？這麼囂張。」

旁邊，那個濃妝豔抹的女人不屑的盯著吳白，問道。

李爭鳴後退的腳步一滯，眼神益發猙獰，他怎麼能在吳白面前發怵呢？

他不屑的嘲諷道：「他就是一個廢物，一隻我隨時都能踩死的螞蟻，一個不知死活，以為能跟我掰手腕的垃圾。

吳白，就算你的腿好了，我也能讓它再次折了。我奉勸你滾回那座小破村苟延殘喘，永遠別出現在我面前。若你不知死活，做出什麼讓我不高興的事，到時候別說你，連你懷裡這個小拖油瓶能不能順利長大都難說。」

吳白心裡好不容易壓制下去的戾氣再次湧上來。

他把糖糖緩緩的放在地上。「糖糖，轉過身，摀住耳朵，爸爸不說『睜開』，千萬別睜開，好嗎？」

糖糖向來乖巧懂事，雖然不知道爸爸為什麼讓她這麼做，但還是聽話的點點小腦袋，轉過身去，伸出小手摀住耳朵。

吳白緩緩轉身，看向李爭鳴，雙目開合間殺機湧動。

李爭鳴感覺自己像是被一隻凶獸盯上了，後背寒毛倒豎。

但他永遠不想在吳白面前認輸，色厲內荏的吼道：「怎麼？你還想跟我動手不成？別忘了，我可是跆拳道黑帶。」

吳白眼神冰冷的說道：「你永遠記住一句話，糖糖不是拖油瓶，她是上天送給我的天使。」

話落，吳白腳下猛地一蹬，快如流光，朝著李爭鳴衝了過去。

李爭鳴這個跆拳道黑帶連反應的機會都沒有，被吳白一拳轟在肚子上，整個人如砲彈般倒射出去，砰的一聲，撞在身後的跑車上。

跑車直接凹陷下去一大塊，李爭鳴彈到地上，雙手抱著肚子，像是一直煮熟的大蝦，疼得直抽搐，連慘叫的力氣都沒有，感覺腸子都打結了。

濃妝豔抹的女人嚇得尖叫。

保全目瞪口呆，滿臉震驚。

吳白一步步走過去，揪住李爭鳴的頭髮，強行讓他看著自己，冷聲道：「我們的帳慢慢算，我不會讓你死得太痛快的。你了解我的性格，睚眥必報。」

吳白說話的同時，屈指輕彈，一道氣勁悄無聲息的沒入李爭鳴的腹部，嘴角揚起一抹詭笑。

說完，鬆開手，站起身，淡漠道：「李爭鳴，來日方長，我們慢慢玩。」

隨即，走過去抱起糖糖，朝著社區裡面走去。

殺了李爭鳴太簡單了，他要讓李爭鳴如他當年一樣，感受一下什麼是絕望、什麼是苟延殘喘。

保全看著遠去的吳白，輕聲說了句「謝謝」；再看向死狗似的李爭鳴，眼底閃過一抹深深的厭惡。

辱人者人恆辱之，這就是報應。

濃妝豔抹的女人跑過去，想要扶起李爭鳴，結果腳上的恨天高讓她站立不穩，兩人跌一團。

李爭鳴緩了許久，才在女人的攙扶下站起來。

他看著吳白離開的方向，眼神陰冷如毒蛇。但連他自己都沒發現，他的眼神裡藏著一抹掩飾不住的恐懼。

「李少，你沒事吧？」

「滾開！」

李爭鳴滿臉猙獰的甩開女人，自己上車，掉轉車頭呼嘯而去，留下女人一個人呆呆的站在原地。

「呸！什麼東西？要不是看你有錢的分上，你給老娘舔腳趾頭都不配。長得那副醜樣，還不如一條狗好看。」

女人很沒形象的吐了口唾沫，破口大罵。

保全看得目瞪口呆，沒想到女人時尚的外表下，隱藏著這麼粗俗潑辣的一面。

「看什麼看？窮保全。」

女人跟個潑婦似的，將氣發到了保全頭上。

保全嘀咕道：「呸！真把自己當上流社會的人了，全他媽下流！」說完，轉身進了保全室。

「爸爸，糖糖是拖油瓶嗎？」

回去的途中，糖糖小心翼翼的問道，因為以前吳白也罵過她是拖油瓶。

吳白親了親她的小臉蛋，笑道：「糖糖當然不是拖油瓶，糖糖是爸爸的天使。」

吳白不想讓糖糖糾結這件事，話鋒一轉，道：「肚子餓了吧？爸爸回去給妳做好吃的。」

「好呀！好呀！」糖糖開心的說道。

糖糖雖然吃過太多苦，很敏感，但畢竟是個孩子，聽到吃的，頓時忘了剛才的不愉快。

回到家，吳白讓糖糖去看電視，自己在廚房忙和著做飯。

吃完飯，陪著糖糖看了一會兒卡通，時間不早了，便哄她睡覺。

「糖糖可以和爸爸睡嗎？」糖糖希冀的看著吳白。

「當然可以。」吳白上床，躺在糖糖旁邊。「睡吧！爸爸給妳講個故事……」

故事講到一半，糖糖就睡著了。

吳白看著她可愛的小臉，心裡一片溫馨。

第二天清早，吳白悄悄起床，來到樓頂，迎著朝陽修煉了一陣，然後下來給糖糖做早餐。

吃飯的時候，吳白考慮著該買一輛車了，糖糖以後上學，接送也方便。

吃完飯，吳白收拾完，帶著糖糖出門，在門口遇到了昨天的保全。

「吳先生，要出去啊？」

吳白笑道：「我昨晚離開後，那人沒為難你吧？」

保全感激道：「還得謝謝吳先生幫我解圍。」

昨晚他只是開門晚了點，就被打了一巴掌。

吳白笑了笑，他可不是幫保全解圍，這是他跟李爭鳴的私人恩怨。

「吳先生吸菸。」

保全有些不好意思的掏出自己的廉價香菸，有些拘謹，怕吳白嫌棄。

吳白接過來，順手夾在耳朵後面。「謝謝，孩子在，一會兒吸。」

保全滿臉微笑，吳白住在這樣的高級社區，一看就是有錢人，能接他的菸，給足了他面子。

「吳先生，我幫你叫車吧！」

吳白點點頭。「謝謝。」

保全幫吳白叫了車，目送吳白離開。

吳白先是去銀行，將支票兌換後存進卡裡，然後去了車城。

在車城轉了一圈，吳白抱著糖糖，進了一家名叫「金翔」的汽車銷售店。

門口，坐著好幾個身材不錯，面容姣好的業務員。

「雯雯姊，來客人了，該妳了。」

一個手裡拿著化妝鏡正在補妝的女業務員抬頭看了一眼，不屑的撇撇嘴。隨即看向旁邊一個化著淡妝，文文靜靜的女孩，道：「小諾，妳去吧！」

大家滿臉詫異。

李雯雯是店裡的老員工了，總是仗著資格老，頤指氣使，沒少欺負新來的員工，平日裡沒少搶別人的客戶。今天這是轉性了還是太陽打西邊出來了？竟然讓出了自己的客戶。

他們這些業務員接待客人，是按順序來的，吳白剛好輪到李雯雯接待，但她卻讓給了新來的員工小諾，這讓大家很是驚訝。

「雯雯姊，這是妳的客戶，我怎麼能搶妳的客戶呢？」小諾有些慌張的說道。

李雯雯一瞪眼睛。「讓妳去妳就去，沒看我正忙著嗎？一會兒妳的客人我來接待，不就行了？」

小諾只能點頭答應。「那麼……謝謝雯雯姊。」

說著，小跑著朝吳白迎了上去，心裡給自己暗暗打氣，希望這一單能成功。

她來快半個月了，還沒賣出過一輛車，再這樣下去，連試用期都過不了。

「雯雯姊，妳為什麼要把自己的客戶讓給小諾啊？」一個女業務員不解的問道。

李雯雯得意一笑。「知道我為什麼每個月都是業務員冠軍，而你們不是嗎？」

還不是因為妳為了營業額，不擇手段……幾個女孩心裡吐槽。

但他們臉上還得裝出一副虛心請教的樣子，問道：「為什麼呀？」

第五章

買車

李雯雯倨傲的環視一圈，她就喜歡這種眾星拱月的感覺。

「好吧！雯雯姊今天就免費給你們上一課。你們看那個人，穿著打扮雖然不錯，而且長得很帥；但是身上的衣服都是大眾品牌，並沒有多貴，說不定就這麼一套，出門見人的時候才穿。

另外，今天並不是禮拜天，他卻有時間帶孩子，這說明他只是個家庭主夫，沒有工作，更可能是個吃軟飯的小白臉，沒什麼本事。

最重要的是，一般帶孩子來看車，都是為了接送孩子方便，就算買車也不會買多貴，大多都是實用型，一般不會超過十萬塊錢，我們根本拿不到多少抽成。

最後一點，這單的成交率不超過百分之十。極有可能他是先來看好車型，最終的決定權還得讓他太太來決定。所以，接待這樣的客戶，純屬浪費時間，明白了嗎？」

幾個女孩崇拜的看著李雯雯，因為李雯雯分析得的確頭頭是道，有理有據。

「雯雯姊，妳真的是太厲害了！」

「難怪雯雯姊每次都能成交，這看人下菜碟的本事，我們真的一輩子都學不會。」

李雯雯得意一笑，道：「學著點吧！你們要學的還有很多呢！」

此時，大家都安靜下來，目光移到吳白那邊，想看看李雯雯是不是說對了。

小諾來到吳白身邊，臉上帶著恬靜的笑容。「先生您好，我是這裡的業務，我叫『樂思諾』，您叫我『小諾』就行，很高興為您服務。」

小諾很緊張，雖然吳白帶著孩子，但是他俊美的五官、挺拔的身材，很容易讓女孩子臉紅。

吳白微微點頭。「妳好。」

小諾微笑道：「先生，請問你有鍾意的品牌和車型嗎？」

吳白搖頭，笑道：「臨時起意，過來看看。」

「那我帶先生先看看，如果有喜歡的，我再跟您講解。請問先生買車是做什麼用的？」

吳白笑道：「就是為了接送孩子上下學方便。」

李雯雯等人都豎起耳朵在聽，聽到吳白這話，李雯雯滿臉得意；其他女孩崇拜的看著李雯雯，因為李雯雯說對了。

吳白笑著道：「其實我喜不喜歡沒關係，關鍵得我女兒喜歡。」

小諾笑著說道：「先生真是位好爸爸。請您跟我來，有幾款車型買得很好，經濟實用，接送孩子再合適不過了。」

這裡的車應有盡有，分為超跑區、豪車區、經濟區。

小諾帶著吳白轉了一圈，給他介紹了幾款經濟實用的車，但吳白都不滿意，糖糖也不喜歡。

「糖糖，妳喜歡哪一輛，跟爸爸說。」

糖糖伸出小手，指向吳白身後，小聲道：「爸爸，糖糖喜歡這個。」

吳白轉身看去，不禁怔了怔，因為糖糖指的是一輛五菱宏光MINIEV。

吳白苦笑，他貌似忘了小孩子的喜好，他們可不管是不是豪車，好看就行了。這車也太小了，跟火柴盒似的，而且還是電動的。

小諾臉上沒有一絲鄙夷，反而很認真的介紹道：「先生，其實這款車買得很好，雖然小了點，但是樣子好看，而且充一次電可以跑一百五十公里，充電也很方便，經濟實惠。」

吳白卻是滿臉為難，說真的，他沒開就知道這車絕對跑不快，完全是個大玩具。而且車身還是淡綠色，他欣賞不來。

「糖糖喜歡這一輛？」

糖糖滿臉希冀的點點小腦袋。

吳白無奈的嘆口氣，糖糖喜歡就好。

他對小諾道：「那就這輛吧！不過，我能問一下，還有別的顏色嗎？」

小諾有些為難，歉意道：「先生，因為這輛車賣得太好了，所以現在只有這個顏色，而且是最後一輛。不過先生要是不喜歡這個顏色的話，可以給車身改色。」

吳白想也沒想，道：「那就給車身改色吧！」

小諾很是開心，她終於要賣出第一輛車了。

「先生，那請您在休息區稍事休息，我去給您拿色卡，您選個顏色。」

小諾帶著吳白來到休息區，給兩人倒了杯水，便去取色卡了。

沒多久，小諾取來了一疊色卡。

「先生，您看看有沒有您喜歡的顏色？」說著，又拿出另外一本冊子，隨手翻開，道：「先生，這裡面都是車子改色後的成品照片，您看看。」

吳白點點頭，隨手翻著色卡，下意識的問糖糖。「糖糖，妳喜歡什麼顏色？」

「糖糖喜歡這個。」

吳白扭頭看了一眼，嘴角狠狠的抽搐一下。

糖糖指的是一張改過色的車子圖片，那是粉色的，而且車身上還貼了很多圖案，看上去就像是一隻大號的皮卡丘，用三個字形容——卡哇伊。

這……吳白哭笑不得，他為什麼要多嘴？

小諾道：「先生，這種顏色叫『猛男粉』，現在很受歡迎的。」

猛男粉？吳白直翻白眼，就算加上「猛男」兩個字，也改變不了這顏色娘砲的事實。

「行，就按這個來吧！」

看到糖糖眼睛裡的希冀，吳白決定豁出去了。

只要女兒高興，老爹可以不要面子的，嗚嗚嗚……

小諾開心的說道：「那我給先生算一下車價，爭取給您優惠。」

吳白微微頷首。

小諾算得很認真，每一筆都寫得清清楚楚，最後加上保險等等，總共四萬八左右。當然，改色得另算。

「先生，您看看還有什麼問題嗎？」

吳白搖搖頭。

「那請先生稍等，我去準備合約。」

小諾正準備出去，只見李雯雯帶著一個青年走進來。

「小諾，你帶這位先生去外面辦理吧！這間休息室我要用。」李雯雯頤指氣使的說道。

「雯雯姊，能不能等我先辦完啊？」

小諾滿臉為難，這是她來這裡成交的第一單，萬一吳白生氣，單子黃了，試用期過不了，她會丟了工作的。

李雯雯一怔，詫異道：「他買了？」

小諾微微點頭，哀求道：「一輛五菱宏光MINIEV。雯雯姊，這是我第一單，事後一定請妳吃飯，求妳幫幫忙。」

李雯雯頓時眼睛一翻，滿臉不屑。「一輛五菱宏光MINIEV而已，我還當買了什麼豪車呢！小諾，我的客戶可是要買超跑的，這兩者可以比嗎？」

小諾還想爭取，她真的很需要這單生意保住工作，但李雯雯已經不耐煩了，蠻橫的催促道：「怎麼？我說的話不管用了？趕緊把他帶出去。買一輛破車而已，這單生意不做都行。要是耽誤了我這一單大生意，明天妳就得走人。」

小諾又著急又委屈，一時間不知道如何是好。

吳白微微皺眉，他記得這個女人，從他進店開始，這個女人對他就各種看不上。他耳力驚人，所以李雯雯之前的話，他聽得清清楚楚，只是沒計較而已。

吳白看向李雯雯身後低頭玩手機的青年，笑道：「林少，需要我給你騰個位置嗎？」

正在玩手機的青年下意識的抬頭看了一眼，先是一怔，隨即快步上前，滿臉驚喜的說道：「吳神醫，沒想到在這裡碰到你，真的是太巧了！」

這位林少，不是林擎是誰？

「糖糖，還記得叔叔嗎？」林擎好聲好氣的問糖糖，他知道吳白對這個女兒很是疼愛。

糖糖點點小腦袋，開心道：「你是給糖糖買好吃的那個叔叔。」

林擎滿臉高興。「糖糖記性真好！妳喜歡吃，叔叔下次還給妳買。」

「謝謝叔叔。」

「不客氣。」林擎笑著說道。

他雖然是個富二代，但並非紈褲子弟。他清楚吳白很寵這個女兒，所以討好糖糖肯定沒錯。

李雯雯滿臉驚訝，她知道林擎，光是在她這裡就買了好幾輛跑車，是個年少多金的富家少爺。只是她沒想到，林擎竟然對這個她看不上眼的人這麼客氣，說話的時候甚至帶著討好之意。

李雯雯看著吳白，心裡泛起了嘀咕，心道：這位肯定也是個有錢的主兒，這是在扮豬吃老虎呢！

「哎喲！原來兩位認識呀！」李雯雯覺得有利可圖，頓時眉開眼笑，誇張的扭著翹臀，走到吳白面前，伸出手，道：「您好，我叫『李雯雯』，不知道這位先生怎麼稱呼？」

小諾臉色一暗，知道自己這一單要黃了。店裡但凡李雯雯看上的客戶，就沒其他人什麼事了。

吳白看著李雯雯，嘴角微微揚起，帶著和煦的笑容，開口道：「妳可以出去了。」

「什麼？」李雯雯呆住了，懷疑自己聽錯了。

吳白臉色徒然一沉。「滾！」

李雯雯嚇了一跳，狼狽的後退了兩步，臉上青一陣、白一陣的。

小諾滿臉詫異，沒想到李雯雯也有吃癟的一天。

李雯雯身材頎長，前凸後翹，人又風騷，幾乎沒有男人能抵擋得住她的魅力。卻不曾想，吳白壓根兒不吃這套。

吳白看著李雯雯，冷笑道：「我這人沒別的優點，就是耳力好。妳說的話，我都聽得清清楚楚。另外告訴妳，我不是一個大器的人，反而睚眥必報。」

林擎雖然不知道發生了什麼，但能猜到李雯雯肯定得罪了吳白。

雖然他跟這個女人有過一場友誼賽，但他很清楚，這女人完全是為了賣車。

他也在李雯雯這裡買了好幾輛跑車，大家各取所需，互不相欠。

他再傻也不可能為了李雯雯去得罪吳白，當即臉色一沉。「沒聽到吳神醫的話嗎？還不出去！」

李雯雯知道自己得罪不起林擎，對於有錢人來說，她根本不算什麼；林擎對吳白這麼恭敬，她就更得罪不起吳白了，最終只能狼狽的逃了出去。

林擎道：「吳神醫，這個女人怎麼得罪你了？要不要我找人教訓教訓她？」

「算了。」吳白擺擺手，這個女人只是勢利眼了點，沒必要揪著不放，不然也太沒品了。「你是要買車嗎？」

林擎點點頭。「這還得多謝吳神醫治好了我妹妹，我打算獎勵自己一輛車。」

瞧瞧，這說的是人話嗎？正確的做法不應該是給他這個救命恩人買輛車，當作謝禮嗎？

「選好什麼車了嗎？」

林擎點點頭，道：「一輛藍寶堅尼Huracán。藍寶堅尼其他車型，我車庫都有了，就差這一款。」林擎想了想，又補了一句。

吳白嘴角微微抽搐，這貨肯定是在炫富。

「多少錢？」吳白隨口問了一句。

他對車不太了解，當年他輝煌的時候，也只是給自己買了一輛寶馬M8，落地兩百多萬。

林擎輕飄飄的說道：「這款車算是藍寶堅尼裡面比較便宜的一款了，選裝，加上落地費，也不到五百萬。」

吳白差點沒忍住跳起來，打爆他的狗頭。五百萬還不貴？

林擎沒注意到吳白的神色，好奇的問道：「吳神醫買的什麼車？」

吳白指指目錄。

林擎好奇的湊近看了一眼，然後眼睛一瞪，跟蝦蟆似的，他是真沒想到吳白會選一輛五菱宏光MINIEV。

「肯定是糖糖喜歡吧？」

吳白微微頷首，突然間覺得這小子順眼多了，最起碼會聊天，沒讓自己尷尬。

「林少買車找她吧！」

吳白突然間指指旁邊的小諾。

林擎想都沒想，點點頭。「行！聽吳神醫的。」

小諾受寵若驚，整個人都傻了。她作夢都不敢想，這樣的好事會落到自己頭上。

林擎對小諾道：「車我已經看好了，妳去準備合約就行了。具體該注意什麼，你們經理知道。」

林擎可是這裡的VIP客戶，跟這裡的經理很熟。

「請兩位稍等。」

小諾感激的看向吳白，深深鞠了一躬，然後轉身小跑著離開了。

沒多久，小諾拿著兩份合約回來。

「兩位先生請看一下，如果沒問題，就可以簽字了。」

吳白掃了一眼，揮筆簽下自己的名字。就幾萬塊錢的車，估計人家都不屑在合約上做什麼手腳。

林擎連看都沒看，直接簽下自己的大名。敢在他的合約上做手腳，他能立刻把這家店搞到倒閉。

林擎隨手拿出一張黑卡遞給小諾。「拿去刷卡吧！沒密碼，兩輛車一起付了。」

吳白嘴角微揚，都說在女人眼裡，男人掏卡的動作是最帥的。但他一個男人，此時都覺得林擎格外的帥。

「算了，我還是自己付吧！」吳白開口，該客氣還是得客氣一下。

林擎道：「吳神醫，你就別跟我客氣了，就幾萬塊錢，還沒我選裝的坐墊貴呢！」

吳白感覺自己被冒犯到，突然間覺得林擎不帥了，而且奇醜無比。

「小諾，我那輛車能改裝嗎？」

「可以的，吳先生。您選的這款車本來是單馬達，可以改成雙馬達，這樣動力會變強，但是續航力就會減弱。」小諾說道。

吳白有些失望，動力變強，續航力減弱，那還改個什麼勁兒？這車本來就跑不了多遠。

他本來是打算坑林擎的，想了想，還是算了。

吳白看了一眼林擎，這次就算了，有機會去他的車庫挑一輛。

林擎注意到吳白的目光，不知為何，心裡很不安，總覺得有什麼事要發生似的。

「我的車多久能弄好？」

小諾道：「只是改個顏色，大概下午就差不多了，我會替吳先生盯著的。」

吳白點點頭，看了看時間，道：「這一上午真快，眨眼就到飯點了。走吧！我們出去吃點東西。」

小諾微笑著說道：「吳先生，我們店有提供午餐。而且林先生是我們店裡的VIP客戶，有專門的餐食供應，味道很不錯。如果您不嫌棄，可以嘗嘗。」

林擎點點頭。「我吃過兩次，味道的確不錯，不比外面的星級餐廳差。吳神醫，我們就在這裡吃吧！您看怎麼樣？」

吳白沒意見，點點頭。

小諾帶著他們來到VIP餐廳，環境很不錯。

吃完飯，林擎問道：「吳神醫，還滿意吧？糖糖，好吃嗎？」

糖糖開心的點點頭，她剛才吃了牛排，真的是太好吃了！

吳白笑道：「我也覺得不錯，尤其是威靈頓牛排真心不錯。」

「吳神醫滿意就好。」

兩人也沒急著離開，順便喝了個下午茶，直到小諾來告訴吳白，他的車好了。

來到樓下，還舉行了一場隆重的交接儀式。

可是當吳白掀開紅布的時候，林擎眼睛都凸出來了。

粉色的車身，上面貼了黃色的皮卡丘圖案，車燈還弄成萌萌的大眼睛，車頂還豎著兩隻兔耳朵。

這……林擎看看吳白，又看看這輛卡哇伊到極點的車，實在沒忍住，背過身，捂著嘴偷笑。

吳白神色微變，臉有點紅。

只有糖糖開心壞了，繞著車轉圈圈，嘴裡嘟囔著：「好漂亮、好漂亮……」

吳白苦笑，糖糖高興就好，他這個當爹的面子什麼的無所謂了。

小諾走過來，將一疊資料交給吳白，道：「吳先生，手續資料什麼的都在這裡了。車牌您可以在手機上選，到時候會直接寄到家。我給您辦理了臨時車牌，但只能用十天。」

「謝謝。」吳白接過來，放進車裡，轉身問小諾：「我是不是現在就可以開走了？」

小諾笑著點點頭，感激道：「吳先生，今天的事，都不知道怎麼謝謝您才好。」

「不客氣，舉手之勞而已。」吳白說完，把糖糖抱上車，給她繫好安全帶。

「糖糖，我們回家囉！」

「回家囉！回家囉！」

糖糖開心的揮舞著雙手。

林擎急忙跑過來。「吳神醫，晚上吃飯的事……」

「地址發我手機上就行了。」

吳白說完，發動車子，衝了出去。

「爸爸，大家都在看我們呢！我們的車車最漂亮了。」

車流中，糖糖看看外面的車，比較一下自己的車，怎麼比都是自己的車最好看，開心的說道。

吳白欲哭無淚，默默的把車窗升起來，這車的回頭率簡直比豪車都高。

車子開到社區門口，跟吳白有過兩面之緣的保全走過來，好奇的打量著這輛卡哇伊到了極點的車。

吳白降下車窗。

「吳先生？」保全滿臉詫異。「這……這是您的車？」

吳白點點頭。

保全忍著笑，道：「吳先生，您這車真的是太可愛了。」

吳白問：「這個社區只有你一個保全嗎？」

保全道：「那倒不是，好幾個，今天本來不該我值班，今天值班的同事生病了，我頂替他一天。」

保全說著，打開門。

「回頭見。」

吳白打了聲招呼，開車進了社區。

糖糖依依不捨的下車，繞著車轉圈圈，看得出來，她是真的很喜歡這個粉色的大玩具。

「糖糖，今天晚上那個叔叔請我們吃飯，到時候我們開車去。」

「好呀！好呀！」

糖糖開心極了，大大的眼睛笑得彎成了月牙。

吳白抱起糖糖，正準備進去，只聽一個嬌滴滴的聲音響起：「哇！這車好可愛，人家好喜歡呢！」

這聲音嗲得讓吳白起了一身雞皮疙瘩，沒有十年糖尿病史都發不出這樣的聲音。

吳白抱著糖糖轉身看去，只見一輛黑色賓士轎車停下來，一個身材火辣、濃妝豔抹的年輕女孩下車，直奔吳白的車。

女孩繞著車轉了一圈，朝著賓士車裡面嬌滴滴的說道：「親愛的，你快看，這輛車好可愛呀！」

說著，拿出手機喀嚓喀嚓的拍起照片來。

賓士車裡開車的是一個三十幾歲的男人，長相張狂陰鷙，穿著黑襯衫，露著胸膛，戴著大金鍊子，不屑的說道：「再可愛也是不值錢的破車。妳要喜歡，我給妳買一輛。」

「可人家就喜歡這輛嘛！」女孩茶裡茶氣的說道。

「這個簡單。」男人從車上下來，徑直走到吳白跟前。「這車是你的？」

吳白微微點頭。

男子張狂道：「開個價，這車我買了。」

吳白淡漠道：「這車不賣。還有，讓你的女人離我的車遠點。」

「你說什麼？」男子橫眉怒目，像是聽到了什麼不可思議的話，盯著吳白道：「你是在拒絕我嗎？」

吳白有點想笑，玩味道：「怎麼？拒絕你犯法？」

男子眼神陰厲，獰笑道：「拒絕我是不犯法，但是會送命。你知道我是誰嗎？在這晉江市，沒人敢拒絕我。」

「哦？」吳白表情戲謔，覺得很有意思，促狹道：「我還真不知道你是誰。」

「我叫『梁遠』，我爸是梁柏剛。小子，現在知道我是誰了吧？」

吳白微微點頭，他是真的知道梁柏剛，當年他沒出事的時候，梁柏就已經聲名大噪，很多人見了都得叫一聲「梁爺」。

因為梁柏剛不只生意做得大，更是掌控著晉江市半個地下世界，黑白兩道通吃，勢力極大。

若是當年，他是萬萬不敢得罪梁遠的；但是現在，別說一個梁遠，就是梁柏剛站在他面前，他正眼瞧一眼都算是給對方面子。

第六章

醜人多作怪

梁遠得意的笑了起來。「小子，既然知道我是誰，那就開個價吧！」

吳白微微一笑，淡淡的吐出兩個字：「不賣。」

「你玩我？」梁遠頓時臉色一沉，眼神陰鷙的盯著吳白，滿臉凶狠。

吳白嘴角微揚。「玩你？我還真沒這個時間。」

「你找死！你信不信我讓你都不知道自己怎麼死的？」

吳白看著他，笑道：「你真要買這輛車也行，一百萬。」

梁遠滿臉凶狠。「小子，你有種，敢玩我的人，你還是第一個。你知道自己會是什麼下場嗎？」

「別給自己臉上貼金了，誰玩你？我對男人沒興趣。要買，一百萬；不買，該幹嘛幹嘛去。」吳白眼神徒然一沉，盯著梁遠道：「還有，笑一笑，你這樣會嚇到我女兒。」

梁遠眼神陰鷙的盯著吳白。

「親愛的，你看這兔兔耳朵真可愛，過來跟我合拍一張嘛！」

濃妝豔抹的女孩抓著車頂上的兔耳朵，嬌滴滴的說道。

「姊姊，妳輕點，別把兔兔耳朵弄壞了。」

糖糖的目光一直緊緊盯著濃妝豔抹的女孩，擔心她把自己心愛的車車弄壞了。

結果，也不知道女孩是故意的還是太用力，直接把兔耳朵掰了下來。

糖糖愣了愣，小嘴一癟，忍不出哇的一聲哭了出來。

一邊哭，一邊可憐兮兮的說：「爸爸，兔兔耳朵掉了、兔兔耳朵掉了……」

吳白眼底閃過一抹凌厲的光芒。

他急忙安撫糖糖：「糖糖乖，糖糖不哭，爸爸一會兒找東西黏上去就好了，爸爸保證給妳修好。」

「真的嗎？」糖糖一邊抹著眼淚，一邊可憐兮兮的問道。

「爸爸怎麼會騙糖糖呢？爸爸現在就帶妳去找膠水，然後我們一起把兔兔的耳朵黏上好不好？」

「嗯！」糖糖委屈的點點頭。

吳白看了一眼梁遠，突然間露出一副燦爛的笑臉。「待在這裡別走，不然你會後悔。」

梁遠不屑的冷笑一聲，道：「小子，放心，老子不會走的，今天這事兒沒完。」

吳白抱著糖糖回到家，道：「糖糖，二樓最裡面的房間裡面有一瓶膠水，妳去找到拿下來，我們一起把兔兔的耳朵黏回去好不好？」

「好。」糖糖抹抹眼淚，邁著小短腿朝著樓梯走去。
看著糖糖上了二樓，吳白的眼神陡然陰沉，轉身出了門。
梁遠看到吳白出來，獰笑道：「小子，我還以為你嚇得躲在家裡不出來了，竟然還敢出來，算你有種。」
吳白看著濃妝豔抹的女孩。「妳是故意把兔耳朵掰掉的，對吧？」
女孩嬌滴滴的說道：「人家真不是故意的，明明是這破耳朵沒黏牢，怎麼能怪人家呢？」
說著，笑得好不開心，隨手把兔耳朵丟在路邊。
「小子，我女人是故意的又怎麼樣？別說掰掉你一隻兔耳朵，就是把你的車砸了，你也……」
梁遠的話還沒說完，吳白霍然轉身，目光凌厲如鷹隼，像是兩把利刃刺向梁遠，竟是嚇得他後面的話卡在嗓子眼裡說不出來。
「親愛的，你看他的眼神好嚇人，人家好怕怕。」
濃妝豔抹的女人並未意識到事情的嚴重性，還在捏著嗓子，嬌滴滴的煽風點火。
梁遠回過神來，火冒三丈，自己怎麼能被對方一個眼神嚇到？太沒面子了。
「小子，看來你還沒意識到得罪小爺我是什麼下場？」

吳白眼神淡漠，一把掐住梁遠的脖子，直接單手將他舉了起來，五指發力，捏得他的頸椎喀喀作響，冷漠道：「得罪你是什麼下場根本不重要，重要的是得罪我，你的下場會很慘。」

梁遠像是個破布袋在半空晃蕩，想要掰開吳白的手，可不管怎麼掙扎都是徒勞。

濃妝豔抹的女孩嚇得發出一聲尖叫，指著吳白大喊：「你敢打他，你死定了。」

吳白猛地看向她，冷漠道：「不想我打歪妳的假鼻子就給我閉嘴！醜人多作怪，妳要是不知道自己有多噁心，去看看癩蝦蟆。」

「你……」女孩氣得渾身哆嗦，竟然把她比作癩蝦蟆那麼噁心的玩意兒。殊不知，在吳白眼裡，她比癩蝦蟆還噁心人。

吳白看向憋得面紅耳赤，臉色發紫的梁遠，冷聲道：「我女兒快出來了，我不想讓血腥的場面嚇到她。若是換個地方，我保證一定讓你感受一下什麼叫『骨折筋斷，生不如死』。」

話音未落，吳白鬆開手。梁遠一屁股跌坐在地上，新鮮空氣湧進嘴裡，嗆得他摀著脖子劇烈的咳嗽起來，嗆得眼淚、鼻涕都出來了，他第一次覺得能呼吸是這麼幸福的一件事。

吳白居高臨下的看著他。「一隻兔耳朵，一百萬，有意見嗎？」

梁遠五官扭曲，滿臉猙獰，他什麼時候受過這氣？緩緩站起來，死死的盯著吳白。「小子，今天這事兒不算完……」

梁遠的話還沒說完，只見吳白抬起腳，狠狠的踩在地上。

砰！一聲炸響，只見吳白腳下堅硬的水泥路面直接炸成了蜘蛛網，四周裂痕蔓延。

梁遠嚇得眼睛都凸了出來，滿臉恐懼的踉蹌倒退，一屁股摔到地上。

濃妝豔抹的女孩驚恐的摀住嘴，人都嚇傻了。

這還是人嗎？

吳白淡漠道：「你們覺得，你們的骨頭跟路面比，哪個更結實？」

兩人瑟瑟打著寒顫，遍體生寒。

這還用比嗎？水泥路面都被踩裂了，他們的骨頭還不得被一腳踩得粉碎？

吳白看著他。「梁少，你覺得一隻兔耳朵一百萬，多嗎？」

梁遠渾身戰慄，抖如篩糠，顫聲道：「不多，一點都不多……」

「恭喜你做出正確的決定。其實我更希望你能拒絕我，因為這樣我就可以弄死你了。你打算怎麼付帳？」

梁遠顫聲道：「轉帳可以嗎？」

「當然。」吳白將今天才辦的卡遞給他。「看清楚卡號，記住，我叫『吳白』，別轉錯了。」

梁遠戰戰兢兢的接過卡，拿出手機，開始轉帳。

砰！

趁著梁遠轉帳，吳白來到車頭前，一拳轟在引擎蓋上，可怕的力道讓車尾都翹了起來。整個引擎蓋徹底塌陷。

濃妝豔抹的女孩嚇得尖叫連連，雙腿一軟，癱在地上。

梁遠駭得魂飛魄散，哆嗦個不停。

吳白看著他，微微一笑。「你繼續，別管我。」

吳白說著，來到車旁邊，一腳將車門踹得陷了進去，整個車身都橫移了半米。

別看吳白現在只是人階下品，若是給他一把兵刃，他能把車劈成兩半。

砰！

吳白來到後面，一腳又把車尾踹得陷了進去。

一圈下來，這輛價值不菲的賓士車面目全非。

「好……好了……」梁遠顫抖著說道。

吳白拿出手機看了一眼，錢到帳了。

他走過去，把卡拿回來，看著梁遠，笑著說道：「記住，我叫『吳白』。我希望你來報復我，因為現在你罪不至死，但是下次，我就可以幹掉你了。現在，你可以滾了。」

梁遠跟女孩連滾帶爬的逃上車，開著面目全非的車子衝了出去。

吳白只是毀了車子表面，並沒有傷到機器，所以車子才能正常啟動，他可不想一輛破銅爛鐵堆在自家門口。

就在這時，糖糖費力的拉開別墅大門，小小的身子擠出來，委屈的看著吳白。「爸爸，糖糖沒有找到膠水，兔兔耳朵黏不上了。嗚嗚嗚……」

吳白收斂起暴戾的情緒，笑著走過去。「糖糖放心，爸爸去找，肯定能把兔耳朵黏回去。」

膠水不在二樓的房間，他讓糖糖去找，只是為了不讓她看到自己暴戾的一面，怕嚇到她。

吳白回到家，找到膠水，拿出來。來到路邊，撿起被女孩丟掉的兔耳朵，擦乾淨，滴上膠水，很快就黏好了。

看到兔子耳朵黏好了，糖糖開心的笑了起來。「爸爸好厲害，爸爸真棒！」

看到糖糖笑了，吳白也鬆了口氣。

「糖糖，咱們回去休息一會兒，晚上爸爸帶妳去吃好吃的。」

糖糖小臉上滿是擔心。「爸爸，我們不在，會有壞人弄壞我們的車車。」

「不會的，爸爸保證。」

哄了半天，糖糖才一步三回頭的跟著吳白回到別墅。

天色微暗的時候，林擎打來電話，告訴吳白今晚在明江酒店吃飯。

明江酒店吳白知道，晉江市的五星酒店之一。

「糖糖，我們吃飯去囉！」

糖糖關掉電視跑過來，開心的說道：「吃飯去囉！」

吳白帶著糖糖開車出門，來到明江酒店門口。

作為晉江市為數不多的五星級酒店，門口自然是豪車雲集。

吳白找了個車位停好車，下車後，繞到另一邊把糖糖抱下來。

「爸爸，我們的車車最漂亮了。」糖糖興奮的說道。

「那是，因為我們的車車是糖糖選的呀！所以最漂亮。」

糖糖開心極了，大大的眼睛彎成了月牙。

就在這時，一輛黑色超跑開過去，又倒了回來。

車窗降下，開車的是個眼窩深陷，臉色蒼白的年輕人，副駕駛座坐著一個漂亮女孩。

當然，開這樣的車，副駕駛座上不會缺漂亮女人。

青年看向吳白。「這是你的車？」

吳白微微點頭。

青年從車裡拿出一疊鈔票，刷刷刷……數了四、五張，然後遞給吳白，昂著頭，斜著眼睛，道：「拿著，把你的破車移開，這個車位我要了。」

吳白微微皺眉，他的車難道不是車嗎？為什麼接二連三的讓人瞧不起？下午剛解決了一個梁遠，這會兒又來一個，吳白真是不勝其煩。

「你另外找個車位吧！」

吳白說完，懶得跟他囉唆，抱著糖糖準備進去。

誰知青年不依不饒，從車上下來，攔住吳白，不屑道：「嫌少是不是？我了解你們這種人，最貪得無厭了。」

吳白淡漠道：「我們是哪種人？」

青年嘲笑道：「還用我說嗎？當然是窮人。開這樣的破車，也好意思跟這些豪車停在一起，你不覺得丟人嗎？賴得跟你這種刁民囉唆。」

青年說著，刷刷刷又數了幾張鈔票，在吳白面前晃了晃。「夠不夠？不夠本少爺還有。」

吳白厭煩的皺皺眉，懶得理會這個傻蛋，抱著糖糖準備離開。

青年卻是不依不饒，再次攔住吳白。「老子給你臉了是吧？最瞧不上你們這些窮鬼，沒錢還喜歡裝。還是國外好，不像國內，一個個素質這麼低。」

原來是一隻慕洋犬，這貨竟然好意思說國人素質低，吳白被氣笑了。

「你頭上的辮子呢？」

青年微微一怔，皺眉道：「神經病，什麼辮子？」

吳白冷笑道：「既然頭上沒辮子，為什麼跪著不肯起來？」

「陳少，他是在罵你崇洋媚外。」副駕駛座上的女孩探著頭說道。

青年眼神一狠，盯著吳白。「你敢罵我？」

「要不是怕髒了手，我現在就抽你了。國外那麼好，你還回來做什麼？以後說話帶點腦子，不然會挨揍的。」

吳白搖搖頭，這都什麼年代了，還有人在貶低國人，說國外好，真是蠢得無可救藥。

「在這晉江市，誰敢揍我？」青年滿臉不屑。「本少爺早就移民了，已經不是龍國人了。老子就喜歡賺著你們的錢去國外花，你這窮鬼能拿我怎麼樣？」

吳白眼神一沉，一個連自己國家都看不起的人，還能指望跟他講道理？

有句話說的好：朋友來了有美酒，畜生來了有棍棒。

所以，跟這種人講道理完全是浪費脣舌。

吳白左右看了看，準備找個沒人的地方，打算用拳頭教他做人。

就在吳白尋覓地方的時候，幾個西裝革履的男子走了過來。「陳立，停個車怎麼這麼長時間？」

陳立不屑的看了一眼吳白，罵罵咧咧的說道：「別提了，遇到個白痴跟我搶車位。幾年沒回來，國人的素質真是越來越差了。」

「誰呀？轉過來我瞧瞧，誰敢跟我們陳少搶車位？」一個長臉，頭髮高高豎起的青年陰陽怪氣的說道。

吳白緩緩轉身，其他人倒是沒什麼大的反應，但是其中一男一女反應強烈。

吳白也沒想到，會在這裡遇到李爭鳴。

他的目光移到李爭鳴身邊的女人身上，嘴唇瞬間抿緊，眼神複雜。

女人很漂亮，身材頎長，五官精緻，肌膚賽雪，滿臉震驚的看著吳白。

「吳白，好久不見。」許久，女人才緩緩開口。

吳白的眼神微微收縮，然後逐漸變得平靜。

她說的是「好久不見」，那就說明她也知道他還活著。

葉靜姝，李爭鳴害我，妳又在這件事裡面扮演了什麼樣的角色呢？

這個女人，他當年愛到了骨子裡；如今再見，早已經物是人非。

當年，他被李爭鳴推下懸崖，淪為殘廢，在那座小村子苟且偷生，沒有勇氣回來找她。

而她，知道他還活著，也沒有來找他。

吳白薄唇輕啟，神色淡漠。「葉小姐，好久不見。」

葉靜姝的臉色微微變了變，一聲「葉小姐」，代表了疏遠和隔閡。

李爭鳴目光陰冷的看著吳白，伸手摟住葉靜姝的腰。

葉靜姝微微掙扎了一下，便不再抗拒。

李爭鳴臉上充滿了得意。「吳白，我和靜姝下個月就要結婚了，到時候你可一定得來喝杯喜酒。有了你的祝福，我想我們會很幸福。」

吳白看著他，嘴角微微揚起，笑著道：「好，到時候我一定到場，給你們送上一份大禮。」

李爭鳴笑得好不得意，目光帶著挑釁。「那我期待你的光臨。」

「李董，你們認識？」陳立指著吳白，問道。

李爭鳴笑道：「當然認識了，吳白當年可是我最好的朋友。只不過跟我發生了一些誤會而已。不過無所謂，我李爭鳴向來不缺朋友。」

李爭鳴這話的意思很明白，就是曾經跟吳白是朋友，現在是敵人。

陳立臉上帶著一抹猙獰。「李董做得對，跟這樣的人做朋友，也太掉價了。」

他現在既然不是李董你的朋友了，那麼這小子得罪了我，我收拾他，李董沒意見吧？」

李爭鳴陰笑道：「當然沒意見，陳少請便。」

陳立看向吳白，獰笑道：「小子，我現在給你兩個選擇。第一，你跪下給我磕頭道歉；第二，我找人打斷你的腿，到時候你不跪也得跪。」

李爭鳴大笑道：「我賭他會跪下磕頭道歉，畢竟他以前是個瘸子，好不容易腿好了，肯定不想腿再次被打斷。」

糖糖聽到這些人要打斷吳白的腿，小小的身子顫抖著，緊緊抱著吳白的脖子。

「糖糖別怕，爸爸不會有事的。」吳白小聲安撫著糖糖。

「爭鳴，這裡人太多了，鬧大了不好，我們還是上去吃飯吧！」葉靜姝看著李爭鳴，說道。

李爭鳴眼底閃過一抹陰狠，心裡怒罵：臭婊子！要不是妳手裡握著凌天集團百分之十的股份，葉家對我也有點幫助，妳算個什麼東西？等結了婚，看老子怎麼折磨妳。

當然，這些話他暫時只能在心裡想想，臉上卻帶著溫柔的笑容。「靜姝，這可不關我的事。是陳少要收拾他，我也沒辦法。」

陳立看著吳白，獰笑道：「小子，最後問你一句，你跪不跪？」

「你想讓誰給你跪？」

吳白正琢磨著怎麼弄死陳立，突然間遠處傳來一道聲音。他轉身看去，只見林擎帶著林淡妝走了過來。

林擎被林祥榮趕下來迎接吳白，林淡妝也跟了下來，兩人剛下來，就看到吳白被一群人圍住，遠遠的就聽到有人要讓吳白下跪。

「林擎叔叔！」糖糖看到林擎，揮舞著小手。「有壞人欺負爸爸。」

上次在商場的時候，保全和女業務員為難他們，當時就是林擎解決的，糖糖從那時就覺得林擎很厲害。而且，林擎對她很好，還會給她買好吃的。

小孩子是很容易對一個人產生好感和信任的，所以看到林擎的時候，她才會求助。

林擎上前笑著道：「糖糖別怕，有林擎叔叔在，沒人敢欺負妳和妳爸爸。」

林擎心裡美滋滋，沒想到糖糖這麼信任他。既然糖糖這麼信任他，那麼他就得好好表現表現。

林擎扭頭看向陳立。「是你讓吳神醫給你下跪的？」

陳立打量著林擎，皺眉道：「你是誰？」

啪！

林擎二話不說，揮手就是一巴掌。

陳立被打得踉蹌了幾步，摀著臉，難以置信的看著林擎，憤怒道：「你敢打我？」

林擎不屑的冷笑一聲：「打你怎麼了？老子還踹你呢！」

說著，一個箭步上前，一腳將陳立踹翻，大罵道：「你算什麼東西？敢讓吳神醫給你下跪，我看你是活膩了。」

陳立摀著肚子，滿臉痛苦。

「記住了，老子叫『林擎』。我不管你是誰，趕緊跟吳神醫道歉，不然我把你打成狗屎！」

陳立疼得五官扭曲，眼神怨毒。「你敢打我，這件事不會這麼輕易過去的。」

「我就喜歡你這種不怕死的精神。」

林擎獰笑著，朝著陳立走去。

陳立嚇得往後縮，色厲內荏的大喊：「你……你想幹什麼？」

林擎張狂道：「幹什麼？當然是把你打殘囉！」

論囂張，林擎在整個晉江市所有公子哥兒裡面都是排得上號的人物。

「林少！」

李爭鳴急忙上前阻止。

他認識林擎，只是沒想到林擎會為吳白出頭。

林擎腳步一滯，看向李爭鳴，覺得有點眼熟，皺眉道：「我們是不是在哪兒見過？」

李爭鳴陪著笑臉，急忙道：「我是凌天集團的李爭鳴，咱們上次在酒會上見過。」

林擎想了想，點點頭。「嗯！好像有點印象。」

李爭鳴笑得很是諂媚。

凌天集團市值幾十億，但是在林家這種市值上千億的大集團面前終究是小弟弟。

李爭鳴指著陳立說道：「林少，這位是創豐集團的陳立陳少，上次在酒會上您也見過他。今天的事完全是個誤會，您消消氣，我代他給您道歉，對不起。」

林擎皺皺眉。「創豐集團，陳立？」

李爭鳴諂媚的笑著點點頭。

林擎突然間道：「我想起來了，這貨就是那隻慕洋犬，在酒會上滿嘴噴糞，說什麼國外的月亮比國內圓，國外的空氣都是甜的，各種看不起國內的蠢貨，是他吧？」

李爭鳴滿臉尷尬，不知道怎麼回答。陳立的確崇洋媚外，而且經常說些不合時宜的話。

林擎獰笑一聲：「上次在酒會上我就聽說過這個蠢貨了，當時我還找過他，只不過沒找到，沒想到在這裡碰上了。」

第七章

如此相見，不如不見

李爭鳴心裡一突，看來林擎早就想要收拾陳立了。

他看了一眼陳立，心裡惱怒，這個口無遮攔的蠢貨！

不過他跟創豐集團有合作，陳立還是要保的。

「林少，上次酒會上，陳少喝多了酒，胡言亂語。您大人不記小人過，就別跟他計較了。」李爭鳴滿臉諂媚，說完看向陳立，給他遞個眼色，然後道：「陳少，還不趕緊給林少道歉？」

陳立聽到「林擎」這個名字的時候就弱了。

公子哥兒也分三六九等，他跟林擎根本不是一個層次。

他急忙爬起來，點頭哈腰的說道：「林少，我上次喝多了酒，您就當我在放屁，千萬別跟我計較。」

林擎上前，囂張的拍著陳立的臉，譏諷道：「知道我最討厭什麼人嗎？就是你這種背宗忘祖的蠢貨。你當慕洋犬可以，但是別亂吠，惹人厭惡就是你的不對了。」

「是是是，林少教訓得對。」陳立點頭哈腰，滿臉諂媚，哪還有半點之前囂張的樣子。

這貨就是典型的欺軟怕硬。

他知道自家的創豐集團跟林氏集團比，那是天壤之別。萬一惹毛了林擎，創豐集團可擋不住林氏集團的打壓。

林擎冷笑道：「還有，滾過去給吳神醫道歉，他要是不原諒你，我今天只能把你打殘了。」

陳立眼神陰鷙，給林擎道歉他沒意見，因為他得罪不起；但是吳白算什麼東西，憑什麼給吳白道歉？

「怎麼，你不願意？」

林擎冷笑一聲，揮手就是一巴掌，打得陳立踉蹌著倒退了好幾步，臉腫得跟包子似的。

「慕洋犬，我是不是給你臉了？」

「林少別生氣，我道歉就是了。」

陳立慫了，林擎根本不按牌理出牌，一言不合就動手，他還不敢還手，憋屈得差點吐血。

好漢不吃眼前虧，陳立眼神陰冷的看了一眼吳白，心道：就讓你得意幾天，等林擎不在，我遲早弄死你！

他來到吳白面前，彎腰道：「吳先生，對不起，今天的事都是我的錯，請你原諒。」

吳白淡淡的看著他，嘴角微揚。「跪下。」

陳立抬頭，眼神陰晴不定的看著吳白。他竟然敢讓我跪下？

吳白淡漠道：「慕洋犬，你記清楚了，辱人者人恆辱之。我吳白從來不是個大器的人，向來有仇必報。」

陳立臉上青一陣、白一陣的，眼神陰冷。

李爭鳴見狀，笑著說道：「吳白，剛才陳少只是開個玩笑，沒必要當真吧！」

「是嗎？」吳白譏諷道：「可我當真了。李爭鳴，你這麼替這隻慕洋犬著想，要不你替他跪吧！」

李爭鳴臉色陰沉得都快滴出水來了，讓他跪在吳白面前，比殺了他還難受，這是絕對不可能的。

「吳白，做人留一線，日後好相見，凡事別做得太絕。」

吳白突然間放聲大笑起來。「李爭鳴，你也配在我面前說『凡事別做得太絕』。」

李爭鳴眼神陰鷙。

「吳白，許久不見，沒必要鬧得這麼難看吧！不如大家各退一步，你看行嗎？」葉靜姝看著吳白，輕聲說道。

吳白在笑，卻笑得很苦澀。「葉小姐，如此相見，不如不見。我從未將妳想得太壞，但現在我很難把妳想得太好。」

葉靜姝神色一暗，緩緩低下頭，看不清表情。

林淡妝一直沒說話，但此時看看吳白，又看看葉靜姝，眼中閃過一抹明瞭之色。

她轉身看向林擎。「哥，別耽誤太多時間，爸還等著吳神醫呢！」

林擎也意識到吳白跟李爭鳴的關係不簡單，當即有了主意。一把捏住陳立的脖子，一腳踢在他的膝蓋後側。

陳立身子一矮，撲通一聲跪在地上，膝蓋狠狠的磕在地面，疼得悶哼一聲，五官扭曲。

與此同時，吳白屈指輕彈，一道勁氣激射而出，擊中了李爭鳴的膝蓋。

吳白做得很隱密，根本沒人發現。

李爭鳴只覺得膝蓋一陣鑽心的疼痛，使不出一點力氣，撲通一聲，朝著吳白跪了下來。

除了吳白，所有人都滿臉震驚的看著李爭鳴。

李爭鳴自己也愣了，當他回過神來，才發現自己給吳白跪下了。腦子嗡的一聲，羞憤欲死。

吳白戲謔道：「李爭鳴，你還真夠朋友，沒想到你真的願意替慕洋犬下跪，我倒是有點敬佩你了。」

李爭鳴面紅耳赤，想要站起來，卻發現右膝蓋疼得讓他打哆嗦，一點力都使不上。

吳白冷笑道：「看在你們這麼誠懇的分上，我就勉強原諒你們了。」

說完，看向林擎和林淡妝。「我們走吧！」

林擎咧嘴一笑，微微點頭。

林淡妝卻是落後了幾步，她走到李爭鳴面前，氣質大變，原本溫柔恬靜的她，此時氣場強大，凌厲懾人。

誰要是真的將林家大小姐當成不諳世事的溫室花朵，那就大錯特錯了。

「李爭鳴，吳白是我的救命恩人，你若再敢為難他，我會讓你和你的凌天集團一起消失。」

李爭鳴抬頭看著她，心裡竟是莫名生出一陣寒意。

林淡妝扭頭看向葉靜姝，嗤笑一聲，道：「妳也一樣，記住我的話。」

說完，轉身小跑著追上林擎和吳白，臉上洋溢著單純的笑容。

林淡妝的變臉速度之快，連吳白都沒發現。

林淡妝追上吳白，看著糖糖，伸出手，掌心攥著幾顆糖，溫柔的笑著說道：

「糖糖，姊姊請妳吃糖。」

糖糖沒敢拿，而是看向吳白。

吳白微微點頭。「姊姊給妳的，拿著吧！」

糖糖這才接過來，說話還帶著小奶音：「謝謝姊姊。」

「不客氣。」林淡妝摸了摸她的小臉。「糖糖真乖。」

「姊姊好漂亮。」糖糖小臉認真的說道。

林淡妝眼睛彎成了月牙。「那讓姊姊抱抱妳好不好？」

「好呀！」糖糖伸出手。

吳白失笑，這個傻丫頭，就被幾顆糖騙走了。

「林小姐小心點，糖糖挺重的。」

吳白把糖糖交給林淡妝抱著。

「糖糖這麼輕，一點都不重。」

林淡妝笑著抱著糖糖轉了兩圈。

糖糖開心的咯咯笑。

身後，李爭鳴五官猙獰，滿臉怨毒的看著走進酒店大門的吳白幾人。

葉靜姝看了一眼李爭鳴，眼神難掩失望。

「吳白，老子不弄死你，難嚥這口惡氣。」

陳立瘋狗般的嘶吼著，從地上爬起來，拿出手機，打了個電話出去⋯⋯

明江酒店，八八八八號包廂——

這個包廂最起碼有上百平方米，不止有吃飯的地方，還有休閒區、酒吧等配套設施。

這是明江酒店最好的包廂之一。

吳白幾人走進包廂，林祥榮夫婦熱情的迎上來打招呼。

「吳神醫，快請坐。」

「林董，請。」

幾人落座。

林淡妝笑著對糖糖說道：「姊姊給妳準備了禮物喔！」說著，從旁邊抱起一個半人高的粉紅抱抱熊。

糖糖眼睛都亮了，從小到大，她都沒有過玩具。

「喜歡嗎？」

糖糖看向吳白，眼神充滿了希冀。

吳白自責，都忘了給糖糖買玩具了。

「拿著吧！別忘了謝謝姊姊。」

糖糖這才接過來，她太小了，玩具熊有點大，她抱著有點費勁兒，但笑得很開心，奶聲奶氣的說道：「謝謝姊姊。」

「不客氣，糖糖喜歡就好。」

林祥榮好奇道：「吳神醫，怎麼不見尊夫人？」

吳白眼神一暗，看了一眼跟林淡妝玩得正高興的糖糖，笑得有些苦澀。「她走了好多年了。」

他對糖糖的媽媽充滿了愧疚，他從未愛過那個女人，而她卻對他付出了所有，更是為他生了糖糖這個小天使。

林祥榮急忙道：「實在抱歉。我不是故意提起吳神醫的傷心事。」

吳白搖搖頭。「已經過去了。」

林祥榮尷尬的笑了笑，扭頭吩咐服務員上菜。

林擎道：「吳神醫，恕我多嘴，你是不是跟李爭鳴有仇啊？我不是故意打聽你的隱私，只是想問問你需不需要幫助？」

吳白本來想要將事情全盤托出，他需要林家的幫忙，但是話到嘴邊的時候突然忍住了。

因為他發現林祥榮的眼睛裡有一抹灰色的氣，這是煞氣，也是死氣。

這抹灰色氣息別人看不見，但他涉獵甚廣，對相術深有研究，又有修為在身，所以看得到。

林祥榮眼睛裡的灰色氣息很濃郁，證明他有生命危險。

吳白又看向林祥榮的妻子，發現她的眼睛裡同樣瀰漫著死氣。

吳白微微皺眉，他能看出這對夫婦有性命之憂，但是一時又找不到源頭。

「吳神醫，怎麼了？」林祥榮見吳白盯著他們夫婦倆看，有些好奇的問道。

「沒事。」吳白笑了笑，掩飾了過去。

他知道現在若是告訴林祥榮夫婦他們有性命之憂，他們不一定相信，一切得等找到源頭再說。

吳白不著痕跡的觀察了一下林擎和林淡妝，奇怪的是，這兩人眼睛裡卻沒有死氣，這讓吳白百思不得其解。

就在這時，服務員開始上菜。

很快，美味佳餚擺滿了一桌子，山中走獸雲中燕，陸地牛羊海底鮮，應有盡有。

林祥榮道：「吳神醫，家常便飯，千萬別嫌棄。」

「林董真的是太客氣了。」

吳白一邊說，一邊觀察桌上的飯菜，他懷疑有人給林祥榮夫婦下毒。

可他很快又否認了這個想法，因為飯菜大家都會吃，如果飯菜有毒，林擎和林淡妝眼睛裡應該有死氣才對。

「吳神醫，千萬別客氣，動筷子吧！」

吳白笑著點點頭，先給糖糖夾菜，這個小傢伙早就眼巴巴的盯著滿桌珍饈美味流口水了。

林淡妝溫柔的笑著說道：「吳神醫，你吃吧！我來照顧糖糖。」

「這怎麼好意思？還是我自己來吧！」

林淡妝笑著說道：「吳神醫，還是我來吧！我真的很喜歡糖糖。」

「糖糖也喜歡姊姊。」糖糖奶聲奶氣的說道。

吳白寵溺的笑了起來。

林擎笑道：「那糖糖喜不喜歡叔叔呀？」

糖糖認真的點點小腦袋，說道：「喜歡。」

在糖糖心裡，誰對她和爸爸好，她就喜歡誰。

林祥榮讓服務員開了一瓶珍藏的好酒，笑著說道：「吳神醫，你帶著孩子，我們不多喝，小酌幾杯便可。」

吳白微微點頭。

「來，我們大家一起敬吳神醫一杯，能認識吳神醫，是我林家三生有幸。」

幾個杯子碰在一起，大家一飲而盡。

「吳神醫，我敬你一杯。」林擎端起杯子。

吳白剛跟林擎喝完，林淡妝又端起杯子，看著吳白，淺笑道：「吳神醫，我也得敬你一杯，謝謝你治好了我的病。」

這杯酒，吳白不得不喝。

本來說只小酌幾杯，結果菜沒吃幾口，酒卻沒少喝。

酒過三巡，菜過五味，大家越聊越開心。

最高興的要屬糖糖，跟隻小倉鼠似的，嘴巴就沒停過，小肚子吃得圓鼓鼓的。

這頓飯一直吃了四個多小時才散。

幾人出了酒店，林淡妝不捨的把糖糖交給吳白，叮囑道：「吳先生，你喝了酒，就別開車了。」

吳白微微點頭。

這時，林祥榮的司機把車開了過來，林擎則叫了代駕。

「吳先生，那我們先走了，改天再一起聚。」林祥榮笑著說道。

吳白微微頷首，正準備揮手告別，無意中看到林祥榮的司機眼底有一絲淡淡的死氣。

車禍！吳白終於明白了危險的源頭。

林擎和林淡妝一輛車，所以眼底沒死氣；林祥榮夫婦眼底死氣很重，他們的司機眼底也有死氣，除了車禍，沒有別的解釋。

眼看林祥榮夫婦要上車，吳白急忙道：「林董，稍等。」

林祥榮半個身子都鑽進了車裡，聽到吳白的話，又下來了，看向吳白，笑道：「吳神醫有什麼事嗎？」

吳白道：「林董可信我？」

林祥榮微微一怔，隨即笑道：「當然。」

「若林董信我，今晚別坐自己的車回家，搭個車回家吧！」

別說林祥榮了，林擎和林淡妝都滿臉不解的看著吳白。

林祥榮疑惑道：「吳神醫，我不明白，為什麼？」

「林董，我現在沒辦法跟你解釋。若你信我，今晚搭車回家，我保證對你有益無害。」

林祥榮滿臉疑惑，甚至有些不高興，覺得吳白有些神祕兮兮的。

林擎見狀，說道：「爸，我和淡妝坐你的車，你和我媽坐我的車。」

「不行！」吳白擺擺手，道：「誰都不能坐這輛車。」

林祥榮的司機眼神不善的看著吳白，總覺得吳白在針對他。

林祥榮皺著眉，他堂堂林氏集團的董事長，讓他搭車回家，萬一出了什麼事怎麼辦？他信不過其他司機。

最後，還是林祥榮的妻子開口，道：「既然吳神醫這麼說，我們就聽他的，搭車回家吧！」

林祥榮雖然貴為林氏集團的董事長，在外呼風喚雨，在家絕對是個好丈夫，很寵自己的老婆。見老婆都這麼說，雖然心裡不太高興，但還是點頭答應了，道：「那行，我們搭車回家。」

最終，夫婦二人搭車離開了。

林擎叫的代駕也來了，臨別時，林淡妝對吳白歉意的說道：「吳神醫，我爸多少有些自負，你別介意。」

吳白微微搖頭。「沒關係，再見。」

林祥榮掌握著上千億的大財團，讓他坐計程車，的確有些為難他了。

不過，他就是要林祥榮心裡彆扭。現在有多彆扭，後面對他就會有多相信。

「爸爸，糖糖想睡了。」

糖糖趴在吳白的肩膀上，張開小嘴，打了個呵欠。

「好，我們回家。」

吳白周身氣流一陣湧動，運功驅散了酒勁，眼神瞬間恢復清明。

吳白開車回家，半途的時候，糖糖就睡著了。

此時已經深夜十二點，路上車輛稀少。距離林溪郡別墅區不到兩公里的時候，迎面突然間亮起兩道刺眼的光束。

吳白眼睛微瞇，第一個想法是遠光燈，但是很快就意識到不對勁。因為車燈是突然間亮起的，很明顯具有針對性。

他將車緩緩停在路邊，他目力驚人，迎著刺眼的車燈看去，只見一輛黑色商務車擋在路中間，車子前面人影綽綽。

會是誰？吳白微微皺眉。

他將糖糖的坐椅輕輕放倒，怕刺眼的燈光驚醒她，然後推開車門下車。

藝高人膽大，吳白迎著燈光往前走去。

黑色商務車前，兩個青年並肩而立，周圍是五、六個手持棒球棍的彪形大漢。

「梁少，就是這個人，一會兒讓人把他的腿打斷，我要他跪在我面前。」一陳立滿臉怨毒的盯著走過來的吳白，說道。

另一個，也是吳白的老熟人——梁遠。

梁遠喝了不少酒，面紅耳赤，眼睛都花了，因為距離太遠，他瞇著眼睛看了半天也沒認出吳白，自信道：「放心，保證讓陳少滿意。一會兒我打斷他兩條腿，多的一條算贈送的。」

「謝謝梁少。」陳立滿臉獰笑。

「小子，你還認識我嗎？」陳立早已忍不住跳了出去，看著走過來的吳白，獰笑著吼道。

吳白目力驚人，早就看到了陳立和梁遠。

他眼睛微瞇，遮掩眼底的厲色，淡漠道：「慕洋犬，等我好久了吧？」

「小子，這個時候你還敢囂張。現在就算你跪在我面前，我也不會原諒你，我今天一定要打斷你的腿。」

吳白輕聲道：「你們這些人，不把你們打疼了，你們永遠不長記性。」

「小子，你想打誰？沒有林擎，你算個屁！老子踩死你就像是踩死一隻螞蟻。」

陳立獰笑著。「梁少，讓你的人動手吧！我要這小子跪在我面前。」

梁遠喝了不少酒，搖搖晃晃的上前，瞇著眼睛看過去。

當他看到吳白的時候，先是一怔，隨即揉揉眼睛，再次看去，當場嚇得酒醒了一半。

怎麼是他？

梁遠背後的寒毛都豎了起來，手腳冰涼，頭皮發麻。

這個人根本就不是人，他能一腳把堅硬的水泥地踩得裂開，能一拳將車頭轟得陷進去，車尾都翹了起來，還能一腳把整輛車踹得橫移半米，這根本不是人力所能抗衡的。

梁遠心裡對吳白恐懼到了極點。

陳立滿臉猙獰，冷笑道：「小子，敢得罪我，你完了。梁少，快讓你的人打斷他的腿，我已經迫不及待想要看到他跪在我面前痛哭流涕的樣子了。」

啪！

梁遠突然間轉身，一巴掌狠狠抽在陳立臉上。

陳立被打得踉蹌了幾步，一屁股摔在地上。

他的臉之前被林擎連抽了好幾巴掌，還沒消腫，現在又挨了一巴掌，疼得眼淚都出來了。

陳立摀著臉呆坐在地上，滿臉呆滯的看著梁遠。

「梁……梁少，你打錯了，是打他，不是打我。」

陳立懷疑梁遠喝多了酒，分不清敵我。

「你給老子閉嘴！」

梁遠一聲怒吼，嚇得陳立一哆嗦。

梁遠轉身跑到吳白面前，滿臉諂媚，點頭哈腰的說道：「吳先生，真巧啊！沒想到在這裡碰到您，哈哈……」

吳白看傻子似的看著他，淡漠道：「你們不是特意在這裡等我嗎？」

「沒有、沒有！絕對沒有的事。吳先生誤會了，我就是喝多了酒，在這裡吹吹風，剛好碰到了這個傢伙，閒聊兩句。其實我跟他不熟，一點都不熟。」梁遠笑得比哭還難看，急促的說道。

吳白似笑非笑的看著他，讓梁遠後背直冒冷汗。

陳立整個人都傻了，目光呆滯。看到梁遠在吳白面前諂媚的樣子，他就知道完蛋了。

梁遠可是地下世界的太子爺，原本覺得請梁遠出手，事情萬無一失；只是沒想到，小丑終是他自己。

吳白淡然一笑。「梁少，那我現在可以走了嗎？」

「吳先生叫我『小梁』就行，你請便。」梁遠點頭哈腰的說著，然後回頭朝著後面幾個手持棍棒的大漢怒吼道：「還愣著幹什麼？還不趕緊給吳先生把路讓開。」

吳白微微一笑，拍拍梁遠的肩膀，道：「跟我來。」

梁遠顫顫巍巍的跟著吳白來到車子的另一側。

「吳先生，您有什麼事嗎？」

吳白笑道：「給你看一件好玩的事情。」

說著，吳白緩緩伸出手指，在梁遠震驚的目光中，噗的一聲，將車門捅了個洞。

梁遠整個人都嚇傻了，目光呆滯，一股寒意順著尾椎骨直衝上後腦杓，遍體生寒。

這可是鐵皮啊！吳白跟捅窗戶紙似的，輕鬆的就給捅穿了。

他絕對不是人，是神仙，也可能是魔鬼。

梁遠嚇得心肝脾肺腎都在顫抖。

吳白面帶微笑，看著梁遠道：「你說我在你眉心戳一下，你能擋住嗎？」

梁遠差點沒嚇癱了，渾身哆嗦。

「替我保密，不然我保證你會神不知、鬼不覺的死去，而且屍骨無存。」吳白淡淡的說道。

他之所以背著其他人，就是不想被更多人知道。尤其是陳立跟李爭鳴認識，他可不想李爭鳴知道他太多的底細，他要慢慢玩死李爭鳴。

他這麼做，就是為了徹底震懾梁遠，這個人或許日後對他有用。

梁遠額頭冷汗直流，驚悚的點點頭，顫聲道：「我……我發誓，保證不會說出去。」

第八章 末卜先知

吳白拍拍梁遠的肩膀，面帶微笑，說道：「梁少，交友要慎重，一個不小心就會連累到自己，甚至丟了小命，明白嗎？」

梁遠渾身戰慄，急忙點頭。

吳白微微一笑，轉身朝著自己的車走去。

梁遠大喊道：「快點把路讓開。」

吳白上車後，發現糖糖睡得很香，並沒有被驚醒，嘴角微揚，發動車子回家。

梁遠躬著身子，一直等看不到吳白的車尾燈才直起腰。隨即，眼神陰冷的看向陳立，怒罵道：「王八蛋！差點被你害死，給我打得他連他媽都認不出來。」

幾個手持棒球棍的壯漢衝上去，圍著陳立就是一頓亂棍。

陳立的慘叫聲在黑夜迴盪……

與此同時，林祥榮夫婦乘坐計程車，也在回家的路上，後面有司機開車跟著。

林祥榮坐在狹小的計程車裡，腿都伸不開，不由得抱怨：「這個吳神醫，真是奇怪得緊，神祕兮兮的。」

「你就別抱怨了，很快就到家了。吳神醫讓我們乘坐計程車回家，肯定有他的道理。」林祥榮的妻子安撫著。

林祥榮不屑一顧。「有什麼道理？坐什麼車不是回家？明明有專車，卻讓我們坐計程車，真不知道他是怎麼想的。要我說……」

砰！

一聲巨響從後面傳來，打斷了林祥榮的話。

夫婦兩人下意識的回頭看去，頓時嚇呆了。

只見跟在他們後面的車，被一輛砂石車撞飛十多米，車身嚴重變形，四輪朝天。

「司機，快停車！」林祥榮大喊。

計程車在路邊停下，計程車司機嘀咕道：「撞得這麼慘，估計人沒了。」

夫婦倆顫顫巍巍的下車，跌跌撞撞的朝著車子跑去。

與此同時，林擎和林淡妝的車也趕了上來。看到這一幕，兄妹兩人急忙下車跑過來。

砂石車司機是個皮膚黝黑的中年男子，從車上下來，滿臉驚慌，雙腿發軟，嘴裡一個勁兒的念叨著：「完了、完了……」

「你怎麼開車的！」林擎怒吼。

砂石車司機顫聲道：「我……我就低頭撿了個手機。」

林淡妝拿出手機，打電話叫了救護車，報了警。

就在這時，林祥榮的司機滿臉是血，從車窗裡爬了出來。

林擎急忙跑過去幫忙。

林淡妝也趕了過去，道：「哥，先扶他到路邊坐下，救護車馬上就來。」

沒多久，救護車和交通警察都趕到了現場。

慶幸的是，經過醫護人員檢查，林祥榮的司機只是臉上蹭破了點皮，沒什麼大事。

警察勘查後，對林祥榮幾人說道：「砂石車撞擊的是車子後半部分，好在後面沒坐人，不然後果不堪設想。」

林祥榮夫婦心有餘悸，渾身都在戰慄。

林淡妝道：「幸虧爸媽坐計程車，要是坐在這輛車的後座……」

林淡妝的話沒說完，突然間愣住了，下意識的看向林擎。

一家人面面相覷，他們同時想起一件事——林祥榮夫婦之所以沒坐在後面，是因為吳白讓他們乘坐計程車；如果不是吳白執意讓他們乘坐計程車，後果他們不敢想。

林淡妝小聲道：「難道吳神醫早就知道會出事，所以才讓爸媽乘坐計程車？」

林祥榮夫婦和林擎都難以置信的張大了嘴。

林擎呢喃道：「難道吳神醫有未卜先知之能？他是神仙嗎？」

林祥榮顫聲道：「就算吳神醫不是神仙，那也絕非常人。」

「這次多虧了吳神醫，要是沒有他，我們怕是早就死了。」林祥榮的妻子心有餘悸的說道。

林祥榮看向林擎，道：「給吳神醫打個電話，看看他怎麼說。」

四人來到路邊，林擎撥通了吳白的電話。

吳白已經回到家，剛把睡熟的糖糖放在床上，手機突然響了，他急忙拿起手機走出來，帶上門，怕吵醒糖糖。

一看是林擎的電話，吳白目光微閃，隨即接通。

「吳神醫，您到家了嗎？」

「剛到，你給我打電話，是不是出車禍了？」

林祥榮一家全愣住了，難道吳白真的是神仙，人在家，卻能知道數十里之外的事？

林擎聲線都有些顫抖：「吳神醫，你早就知道我爸媽的車會出車禍？」

吳白淡淡的應了一聲。

林祥榮一家皆是身子一顫，震驚得無以復加。

這時，只聽吳白淡然道：「司機應該只是些皮外傷，沒什麼大事，不用擔心。時間不早了，早點回家休息吧！」

吳白說完，便掛斷了電話。

可林祥榮一家人依然面面相覷，目瞪口呆。

吳白人在家，卻對這邊的事情瞭若指掌，這不是神仙，還能是什麼？

許久，林祥榮才回過神來。「明天，備上厚禮，我要親自去感謝吳神醫。」

「老公，我們一起去，吳神醫這次可是救了我們兩人的命。」

另一邊，吳白掛斷電話後，舒服的洗了個澡，然後盤坐下來，開始修煉。

相信現在林祥榮已經對他深信不疑，如果明天他出現，那麼他的對付李爭鳴的計畫就可以開展了。

翌日，中午——

「爸爸，今天你怎麼做了這麼多好吃的呀？」

糖糖站在椅子上，看著滿桌的美味佳餚流口水。

吳白看著她小饞貓的樣子，不禁笑了起來，道：「因為妳林擎叔叔今天要來咱們家。糖糖要是餓了，可以先吃點。」

糖糖搖搖小腦袋。「糖糖要等林擎叔叔來了一起吃。」

就在這時，門鈴響起。

「爸爸，是林擎叔叔來了嗎？」

吳白微微點頭。

「我去開門。」

糖糖從椅子上爬下來，邁著小短腿跑過去，費力的打開門。

果然，外面是林祥榮一家。

「爺爺、奶奶好，林擎哥哥好、姊姊好。」糖糖一個不落的認真的問好。

林淡妝把手裡的東西交給林擎，俯身抱起糖糖，笑道：「糖糖，妳怎麼這麼可愛呢？這小奶音把姊姊的心都融化了。」

林祥榮笑著問道：「糖糖，妳爸爸呢？」

「爸爸在廚房，做了好多好多好吃的，就等你們呢！」

林祥榮一家人面面相覷，滿臉不可思議。

林淡妝笑著問道：「妳爸爸知道我們要來嗎？」

「對呀！爸爸說你們會來，所以做了好多好吃的。」

林祥榮一家人再次震驚了。吳白竟然能算到他們會來，這簡直就是活神仙啊！

林祥榮一家進來，將禮物放在茶几上。

「糖糖，看叔叔給妳買了什麼好東西。」

林擎拿出一大堆的玩具，還有小孩的衣服。

上次吳白給糖糖買衣服的時候也他在場，所以知道糖糖穿多大的衣服。

「謝謝林擎叔叔。」糖糖開心的道謝。

「糖糖，這是奶奶送給妳的。」

林祥榮的妻子拿出一個首飾盒，裡面是一對金手鐲，作工精美，上面還掛著兩個小鈴鐺，很是漂亮。

趁著大家陪糖糖的空隙，林淡妝來到餐廳，發現滿桌的美味佳餚，不禁震驚了。

這些菜色香味俱全，看起來就很好吃的樣子。

她背著手，走進廚房，看到正在忙碌的吳白，美目流轉，淺笑道：「吳神醫，需要幫忙嗎？」

吳白扭頭，發現是林淡妝，微微一笑。「不用了，妳先坐一會兒，最後一道菜了，馬上就好。」

林淡妝並未離開，而是靠近吳白，好奇的打量著他。

吳白微微一怔，低頭看了看，疑惑道：「怎麼了？我臉上有髒東西嗎？」

林淡妝淺笑著搖搖頭，看著吳白道：「吳神醫，我能問你件事嗎？」

「當然可以。」

「你是神仙嗎？」

吳白問：「這世界上哪有神仙？」

林淡妝歪著頭，道：「那你是妖怪？」

吳白失笑，無奈的搖搖頭。

林淡妝揚起尖俏的下巴，笑道：「我發現你挺怪的。」

吳白笑道：「我怎麼怪了？」

「怪可愛的。」

吳白差點被自己的口水嗆著，無語的看著林淡妝，他好像被調戲了。

林淡妝笑靨如花。「我以後能叫你『吳白』嗎？」

「當然可以，名字取來不就是給人叫的嗎？」

林淡妝甜甜一笑，背著手轉身出去。

吳白搖搖頭，這女人有點奇怪。

麻俐的炒完最後一道菜，盛到盤子裡，吳白端著走出廚房，喊道：「林董、林夫人，過來吃飯吧！」

林祥榮夫婦相視而笑，吳白喊得這麼隨意，說明沒把他們當外人。

「爸爸，爺爺、奶奶，還有林擎叔叔、姊姊都送給糖糖好多好多東西，糖糖能要嗎？」

糖糖跑過來，揚起小臉問吳白。

「糖糖喜歡嗎？」

「嗯！喜歡。」

「那就收下，記得謝謝爺爺、奶奶、叔叔和姊姊。」

吳白說完，自己怔了怔，林擎和林淡妝是兄妹，一個是叔叔、一個是姊姊，輩分都亂了。

「糖糖剛才已經謝謝爺爺、奶奶，和叔叔、姊姊了。爸爸，那糖糖再謝一遍好不好？」

林淡妝俯身把她抱起來，笑道：「好了，別謝了。妳爸爸做這一桌子好吃的招待我們，該說『謝謝』的是我們。」

吳白笑著招呼道：「大家坐吧！家常便飯，別嫌棄。」

幾人落座後，林祥榮看著滿桌的菜餚，詫異道：「真沒想到，吳神醫不只醫術高明，廚藝也這麼出色。」

吳白笑了笑。「來，大家嘗嘗我的手藝。」

林祥榮拿起筷子，笑著說道：「那我們可就不客氣了。」

說著，先給自己的妻子夾菜，然後自己才吃了起來。

吳白嘴角微揚，一個疼老婆的男人，再壞也壞不到哪去，林祥榮這個人不錯。

「嗯！太好吃了。」林祥榮瞪大了眼睛，滿臉驚訝。「比五星酒店的菜還好吃，老婆，妳快嘗嘗。」

林祥榮的老婆吃了一口，也忍不住連連誇讚。

「吳神醫真的是全能，這以後哪個女人嫁給你也太幸福了。」

林擎和林淡妝也忍不住嘗了一口。

「我去！味蕾爆炸，這也太好吃了吧！」

吳白笑道：「哪有你們說的那麼誇張？大家喜歡就多吃點。」

「的確好吃，我還是第一次吃到這麼好吃的菜。」

林淡妝看著吳白，美目流轉。

「爸爸做的菜最最最好吃了！」

吳白笑著摸摸糖糖的小腦袋，看向林祥榮道：「沒有好的食材，只能做些家常便飯，大家不嫌棄就好。」

林擎急忙道：「吳神醫，要什麼食材你跟我說，到時候讓我蹭頓飯就行。」

「太古遺種九頭烈焰鳥的腿、黃金九頭獅子的腦袋、吞天蟒的肉熬湯最好了。」

林祥榮一家滿臉驚嚇的表情。

吳白完全是下意識說的，發現林祥榮一家滿臉呆滯，尷尬一笑，道：「我開玩笑的，大家快吃吧！」

林擎回過神，笑道：「我以為吳神醫你不是想讓我來蹭飯。」

「想吃隨時歡迎，來就行了。反正每天都要給糖糖做，多副碗筷的事。」

林淡妝扭頭看向吳白，笑道：「那我也可以來蹭飯嗎？」

「當然。」

林淡妝突然間湊近吳白，小聲道：「為什麼我覺得你剛才說的什麼黃金九頭獅子，你真的吃過呢？」

吳白微微一怔。「我開玩笑的，這些都是神話中的東西，我上哪兒吃去？」

「我覺得你就是從神話裡走出來的，雖然不知道為什麼會有這種感覺，但我就是相信。別問我為什麼，因為我也不知道。」

吳白莞爾失笑。「我只是恰好懂些醫術，醫治好了林小姐，妳不用這麼神化我。」

林淡妝歪著頭。「那昨晚的事呢？你未卜先知，救了我爸媽的命，這怎麼說？」

林祥榮夫婦、林擎同時看向吳白，他們今天就是為了這件事來的。

吳白不慌不忙，淡然一笑。「其實很簡單，一句話就可以解釋。那是因為我恰巧懂些相術，看出林董大婦會有災禍。」

林淡妝明顯不滿意這個解釋，淺笑道：「就這麼簡單嗎？」

吳白點點頭。「就這麼簡單。」

「相較於這個解釋，我更相信你是神仙。」

吳白無奈的苦笑。

林淡妝好奇問道：「吳白，那你能幫我看看嗎？看看我最近有沒有什麼災禍啥的？」

吳白看著林淡妝，目光微閃，還真看出了點東西。

林淡妝的雙眼眼角各有一道粉色氣息，一直延伸到眉梢，好似一朵緩緩盛開的桃花。

林淡妝調皮的眨眨眼。「怎麼樣？看出什麼了嗎？」

吳白笑道：「恭喜林小姐。」

林淡妝微微一怔。「喜從何來呢？」

「林小姐面若桃花，眉心有桃花盛開之勢，這是桃花運，看來很快林小姐就要覓得良人了。」

第九章

吳白，你真帥！

林淡妝俏臉浮現出一坨緋紅，看上去嬌羞迷人。

林祥榮好奇道：「淡妝談戀愛了嗎？」

林祥榮的妻子道：「淡妝，找男朋友，家室什麼的不重要，重要的是人品要好。哪天帶回家，讓媽媽給妳把關。」

林擎滿臉詫異，看著林淡妝。「妳什麼時候談的戀愛？我怎麼不知道？」

林淡妝俏臉緋紅，嬌羞可愛，無奈的說道：「這都什麼跟什麼呀！我什麼時候談戀愛了？」

說完，看向吳白，羞怒道：「你看得一點都不準，我根本沒交男朋友，你是不是得賠我一個男朋友？」

吳白莞爾失笑，解釋道：「我說的是林小姐近期會覓得良人，不是說她已經有男朋友了。」

林祥榮夫婦怔了怔，笑道：「敢情是我們誤會了。」

「我就說嘛！她交男朋友，我這個當哥哥的怎麼可能不知道？」林擎一邊往嘴裡塞菜，一邊含糊不清的說道。

林祥榮白了他一眼。「馬後砲。」

「嘿嘿……」林擎傻乎乎的笑了笑，繼續低頭猛吃，吳白做的飯菜真的太好吃了！

林祥榮放下筷子，看著吳白，認真的說道：「吳神醫，不管你是人還是神，你都救了我們兩口子的命，大恩大德，沒齒難忘。以後若是用得到我林祥榮的地方，儘管開口，我保證義不容辭。」

林祥榮的妻子點頭附和。

吳白坐直了身子，看著林祥榮。「林董，我還真有件事需要你幫忙。」

「你說，只要我能辦到的，絕不推辭。」

吳白緩緩道：「我先給林董講個故事吧！」

吳白將自己跟李爭鳴的恩怨從頭到尾說了一遍，唯獨隱瞞了自己在武極大陸的事。這種事說出來，他們也很難相信。

等吳白說完，林祥榮一家人臉上充斥著同情、憤怒，沒想到吳白還有這麼坎坷的經歷，電視劇都不敢這樣演。

「這個王八蛋！我早就看出他不是好東西，跟陳立那隻慕洋犬來往密切，說明他們是一丘之貉。吳神醫，你放心，我找個機會帶人打斷他的腿。」

林擎滿臉憤怒，義憤填膺。

吳白擺擺手，道：「我要拿回我曾經失去的一切。」

林祥榮道：「吳神醫，這個簡單，我想辦法吞併凌天集團，然後還給你。」

「不，我要親手將李爭鳴從天堂打進地獄，永世不得超生。」

吳白聲音幽冷，讓林祥榮一家後背生寒。

林祥榮穩了穩心神。「吳神醫，你說吧！需要我怎麼幫你？」

「我知道林董在商場上的地位，我想要整個晉江市所有的公司都不跟凌天集團合作。」

林祥榮笑道：「這個簡單，我在商場上還有幾分薄面，這事交給我。」

「謝謝。」

「吳神醫跟我千萬別客氣，沒有你，我現在哪還有命在？」

吳白笑道：「一碼歸一碼，這次算我欠林董一個人情。」

「行，後面有什麼需要幫忙的地方，跟我說一聲就行。」

吳白微微點頭。

「這麼好玩的事，怎麼能沒有我呢？吳神醫，我能幫什麼忙？」林擎問。

吳白笑道：「那就麻煩林少幫我調查一下凌天集團最近的投資專案。」

「沒問題，包在我身上。」

林淡妝側頭看向吳白，道：「你剛才說要拿回屬於你的一切，也包括葉靜姝嗎？」

吳白微微一怔，淡漠道：「我跟她，再無可能。」

「吳白，你真帥！」

林淡妝突然間笑靨如花，誇讚道。

這女人該不會是有什麼大病吧？

吃完飯，幾人閒聊了一陣，林祥榮等人便起身告辭了。

臨別時，吳白把林擎叫到一旁，道：「你認識梁遠嗎？」

「那個混混頭子？」

吳白想笑，梁遠好歹是地下世界的太子爺，到了林擎這個大少嘴裡就成了混混頭子。

他微微點頭。「就是他。」

「認識，但是不熟。」

「你能聯繫到他嗎？」昨晚忘了留梁遠的聯繫方式。

「吳神醫找他做什麼？他是不是得罪過你？我立刻讓他滾來你面前給你三鞠躬。」

一般的家族害怕梁家，但是對於林家這樣的龐然大物，根本不把這種黑道起家的放在眼裡。

「那倒不是，我找他有點事。你聯繫一下他，晚上我要見他。」

「小事，包在我身上。」

下午的時候，吳白陪著糖糖正在玩，林擎打來電話——

「吳神醫，聯繫到梁遠了，晚上八點，酥桃酒吧見。」

「好的，謝謝。」

「那晚上我們酥桃酒吧見。」

吳白應了一聲，結束通話。

但是很快，他意識到一件事——糖糖怎麼辦？總不能帶著糖糖去酒吧那種烏煙瘴氣的地方吧！

吳白有些頭疼，看來只能等糖糖睡了再偷偷去。

六點多的時候，吳白開始做晚飯。飯菜剛做好，正準備和糖糖享用的時候，門鈴響了起來。

吳白疑惑，會是誰呢？

他走過去，打開門，看到門外的人，不禁詫異。「林小姐？」

吳白很是意外，沒想到會是林淡妝。

林淡妝雙手背在身後，歪著頭，調皮的看著他。

吳白疑惑道：「林小姐怎麼來了？」

「我來看看你呀！」

吳白無言……

林淡妝咯咯笑了起來。「我是來幫你的。」

吳白滿臉不解。

「你晚上不是要跟我哥去酒吧見梁遠嗎？糖糖就交給我吧！」

林擎這個大嘴巴！

不過，這敢情好，他正愁這件事呢！把糖糖一個人留在家裡，他很不放心，林淡妝簡直就是及時雨。

「怎麼？把糖糖交給我，你不放心嗎？」

「放心，只是這樣會不會給妳添麻煩？」

林淡妝淺笑道：「怎麼會？我很喜歡糖糖，糖糖也很喜歡我。」

「那晚上就麻煩林小姐了。快請進，我剛做好飯，一起吃點。」

林淡妝走進來，淺笑道：「看來我來得正是時候。」

「姊姊。」糖糖邁著小短腿跑過來，開心的揮舞小手打招呼。

林淡妝俯身把她抱起來。「姊姊是來蹭飯的，糖糖歡不歡迎姊姊呀？」

「歡迎。」糖糖奶聲奶氣的說道。

吃過飯，吳白收拾完，時間差不多了。

「糖糖，妳跟姊姊玩，爸爸有點事出去一趟，很快就回來好不好？」

糖糖很懂事，乖巧的點點頭。「那爸爸要早點回來。」

酥桃酒吧門口，梁遠點了一根菸，不時的看向路口。

林擎這個晉江市頂尖公子哥兒突然間約他，這讓他受寵若驚。

梁家是黑道起家，也有些勢力和人脈，但是跟林家這種根深蒂固的老牌財團比根本不值一提。

一般人梁遠根本不用親自迎接，但是林擎他不敢怠慢。

一邊等著，一邊思索著林擎為什麼會突然間找他。

這時，一輛藍寶堅尼超跑閃電般駛來，停在梁遠面前，林擎從車上下來。

梁遠見過林擎，立刻丟掉菸上前，拘謹的彎腰，恭敬的喊了一聲：「林少。」

林擎看了他一眼，微微點點頭。

別看林擎在吳白面前點頭哈腰的，但是對於梁遠這種不入流的公子哥兒壓根兒看不上眼。要不是吳白要見梁遠，他根本不屑跟這種人打交道。

「林少，我都準備好了，我們進去談吧！」

林擎擺擺手。「等等，還有一個人。其實不是我要見你，要見你的另有其人。」

梁遠心裡震驚，什麼人能讓林擎這樣的頂尖公子哥兒在門口等？

「林少，到底是誰要見我啊？」

林擎淡淡的說道：「一會兒你就知道了。」

梁遠不敢再問。

兩人等了一會兒，林擎突然道：「來了。」

梁遠扭頭看去，當他看到那輛萌萌的小車車緩緩駛來，一股寒意直衝後腦杓，當場就想轉身逃走。

這輛車，他太熟悉了！準確說來，是這輛車的主人，讓他恐懼到了極點。吳白距離兩人還有二十幾米的時候停下了車。

不是他不願意往前，是因為車子沒電了。

這輛車從買回來他就沒充電，剛才出門的時候也沒注意，勉強跑到酒吧門口，便徹底罷工了。

吳白打開車窗，探出頭。「林少，來幫個忙，車了沒電了，麻煩幫我推一下。」

推車？林擎怔了怔，也沒多想，走過去後，說道：「吳神醫，要不你乾脆換一輛車吧！」

吳白笑了笑。「算了，我無所謂，關鍵是糖糖喜歡這輛車。」

其實，吳白心裡想的是：如果你讓我去你的車庫挑一輛，我倒是很樂意，我喜歡白嫖。

梁遠也急忙跑過來，畏懼又恭敬的跟吳白打招呼。

吳白點點頭。「幫忙把車推到停車位去。」

梁遠急忙點頭。

「吳先生，你帶充電器了嗎？」

「什麼？」吳白一時間沒反應過來。

「就是這輛車的充電器。」

「帶了。」

梁遠道：「那我給你推到酒吧門口充上電吧！我記得這車兩百二十福特家用電就可以充。」

「那敢情好，就推到前面吧！」

然後，林擎這個晉江市頂尖公子哥兒，還有梁遠這個地下世界的太子爺拚命的幫吳白推起了車。

酒吧門口的保全都驚呆了，他們不認識林擎，卻知道梁遠。他們滿臉震驚，心裡揣測著吳白到底是什麼身分，讓梁遠這位太子爺幫忙推車？

兩個保全回過神，急忙跑過來幫忙。

車子推到酒吧門口，梁遠讓保全找了一個線足夠長的插座，給車子充上電。

「吳先生、林少，裡面請。」梁遠點頭哈腰的說道。進去的時候，他吩咐保全：「給我把車看好了，這輛車要是被人刮了，我把你們腦袋擰下來。」

兩個保全嚇了一跳，連連點頭。

梁遠帶著吳白和林擎來到一個包廂。

「吳先生、林少，兩位喝點什麼？我讓人去準備。」梁遠滿臉討好的問道。

林擎看向吳白。「我聽你的。」

梁遠心裡震驚，這吳白到底是什麼身分？竟然讓林擎這樣的大少這麼諂媚。

吳白想了想，道：「就啤酒吧！」

梁遠急忙吩咐人上酒。

吳白看向梁遠，壓壓手，道：「坐吧！」

「謝謝吳先生。」

梁遠小心翼翼的坐下來，心裡發毛，不知道吳白找他做什麼。

「吳先生，不知道您找我，有什麼吩咐？」

吳白淡漠道：「幫我找一個人。」

梁遠鬆了口氣，原來是找人，這事他在行。

「請問吳先生要找誰？」

「周金元，今年應該四十多歲，個頭不高，皮膚有些黑，下巴上有一顆黃豆大小的黑痣。」吳白頓了頓，道：「我就知道這麼多了。」

梁遠問道：「他是晉江市人嗎？」

吳白微微點頭。

「吳先生放心，只要他還在晉江市，就算他躲在老鼠洞裡，我也會給你把他揪出來。」

吳白拿出手機，道：「把你的卡號告訴我。」

梁遠怔了怔，也不敢多問，打開錢包拿出卡，念出自己的卡號。

過了一會兒，吳白收起手機，道：「我給你轉了五十萬，算是跑腿費；事成之後，我會再給你五十萬。」

梁遠嚇得跳了起來，慌張道：「吳……吳先生，這可使不得，我怎麼能要您的錢呢？」

吳白壓壓手，讓梁遠坐下。

「一碼歸一碼，你幫我找人，我出跑腿費，天經地義。」

再說了，這一百萬本來就是他之前敲詐梁遠的，現在只是物歸原主而已。

梁遠誠惶誠恐的說道：「吳先生，能幫你辦事是我的榮幸，這錢……」

「別廢話了，給你你就拿著。」

梁遠不敢再推辭。「謝謝吳先生。」

林擎好奇的問道：「吳神醫，你找周金元做什麼？其實不用這麼麻煩，我託人就能找到。」

「不好找，正規管道很難找到這個人。糖糖的媽媽就是這個人撞死的，周金元事後逃逸，當年連員警都沒找到。」

吳白頓了頓，眼睛微瞇，繼續道：「那場車禍不是意外，是有人在後面指使。我懷疑周金元是被人藏起來了，或者已經被人滅口。」

林擎這才明白吳白為什麼要找這個人，他突然間想到一件事，道：「你說，指使周金元的會不會是李……」

吳白咳嗽了一聲，林擎立刻閉口不言。

吳白不是不相信梁遠，只是這件事知道的人越少越好。

「梁遠，記住，這個人很可能已經改名換姓。」

梁遠點點頭。

吳白道：「找到這個人，祕密控制起來，不要讓人知道。還有，這件事找信得過的人去辦，一定要保密。」

「吳先生，你放心，我明白。」梁遠拍著胸口保證。

吳白看著他，眼神突然間變得古怪起來，戲謔道：「如果這件事辦得漂亮，我可以治好你的隱疾。」

梁遠一張臉瞬間漲得通紅，好像心裡最大的祕密被人拆穿了，他笑得比哭還難看。「吳先生，我……我有什麼隱疾啊？」

林擎饒有興趣的看著梁遠。「小混蛋，你有什麼隱疾？說出來讓我開心開心。」

不得不說，林擎挺混蛋的。

梁遠心裡憋屈得想哭，他好歹也是地下世界的太子爺，可到了林擎嘴裡就成了「小混蛋」，關鍵是他還敢怒不敢言。

「我……我沒有什麼隱疾？吳先生是開玩笑的。」

「放屁！」林擎冷笑。「你以為我為什麼叫他『吳神醫』？他的醫術無人可比，說你有病，你肯定有病。」

吳白眼神玩味。「我這麼跟你說，你這病要是再不治，下半輩子就只能跟女人做姊妹，吃多少腰子都補不回來。」
「我去！你不舉啊！」林擎像是發現了新大陸，興奮的嚷嚷著。
梁遠尷尬得差點找個地縫鑽進去，急忙解釋道：「不是的，只是偶爾……不舉。」
「那就是不行啊！」林擎滿臉壞笑。
梁遠尷尬得都快哭了，這種事對一個男人來說是莫大的恥辱。
不過，既然已經說出來了，他滿臉希冀的看向吳白，問道：「吳先生，我這情況真的可以治好嗎？我吃了不少藥，都沒啥作用。」
「當然可以，好好做事，事情辦完，我保證你恢復男人雄風。」
梁遠眼神放光。「吳先生，你放心，就算把晉江市翻個底朝天，我也一定給你把周金元找出來。」
吳白微微點頭。「記住，這段時間別碰女人，不然我也治不好你。」
梁遠點點點頭。
林擎在一旁壞笑，促狹的看著梁遠。
梁遠尷尬得差點用腳底板摳出三房一廳。
吳白看向林擎。「你們兩個大哥別笑話二哥，你要是再不知道節制，下場跟他一樣。」
林擎臉上的笑頓時凝固了。

這次輪到梁遠偷笑了。

「笑你妹！再笑嘴用針線給你縫起來！」

梁遠一縮脖子，緊緊的抿著嘴，不敢再笑。

林擎滿臉諂媚的看著吳白。「吳神醫，這件事你可得幫幫我。你可是神醫，有沒有什麼辦法讓我夜馭數女而金槍不倒？」

吳白沒好氣的翻個白眼，道：「我是神醫，不是神仙。」

「呃……」林擎有些失望。「那有沒有什麼辦法讓我重振以往的雄風？」

吳白鄙夷。「看你的身體，這方面從來都不是你的專長，哪有什麼雄風可言？」

林擎滿臉尷尬。

「吳神醫，你就幫幫我吧！」

吳白笑道：「回頭我寫個藥方給你，你找齊藥材，我來給你醫治，最起碼能讓你重回以往的活力。」

林擎滿臉激動。「謝謝吳神醫，我都不知道怎麼報答你才好。」

不知道怎麼報答就直接給錢啊！還有什麼比這更實惠嗎？吳白在心裡吐槽。

吳白站起身，道：「行了，你們兩個喝吧！糖糖還在家，我就先回去了。」

「淡妝不是在你家幫你看著糖糖嗎？」

「你不說我還差點忘了，你跟我一起回家接你妹妹。」

林擎道：「她說今晚要住你那兒。」

吳白道：「她可是個女孩子，你就這麼放心把她留在我家？」

林擎笑了起來，笑得有些古怪。「這有什麼不放心的？我倒是不擔心她吃虧，因為能占她便宜的人我還沒見過，我倒是擔心吳神醫你吃虧。」

吳白滿臉呆滯。

「吳神醫，你可千萬別被我妹妹的外表給騙了。她有兩副面孔的。」

吳白不明覺厲，詫異道：「什麼意思？」

「是不是從外表看，我妹妹溫柔善良，人畜無害，像一朵小白花似的？」

吳白微微點頭，奇怪道：「難道不是嗎？」

林擎笑道：「那你是不知道她另一面。她可是智商近兩百的天才，畢業於史丹佛大學商學院，更是琴棋書畫樣樣精通，林氏集團很多重大決策都是她提出來的。

另外，她還精通跆拳道、女子搏擊術，以前在一次酒會上，她將一個醉酒調戲她的紈褲一腳踹斷了三根肋骨。說實在的，我這個當哥哥的，這些年都活在我妹妹的陰影裡。」

吳白目瞪口呆，他承認這次他真的看走了眼。

梁遠卻不以為意，什麼狗屁跆拳道、女子搏擊術，眼前這位爺可是能用手指頭戳穿車門的變態。

吳白搖頭失笑。「有點意思，這個我還真沒看出來。」

他一直以為林淡妝是那種十指不沾陽春水的富家千金，沒想到她柔弱的外表下，竟然還有這麼剽悍的一面，關鍵是林淡妝的外表太具迷惑性了。

不過這些跟他都沒關係，吳白聳聳肩。「那你們兩個喝吧！我先回去了。」

「吳先生，我送你下去。」

「不用了。」

吳白擺擺手，拉開門出去了。

「林少，我敬你一杯。」

梁遠端起酒杯，滿臉討好。

林擎端起杯子，跟梁遠碰了一下，卻沒喝。透過玻璃杯，看著下面舞池裡面隨著音樂瘋狂扭動著身軀的美女，嘆了口氣。「這麼多美女，我卻要跟你一個大男人喝酒，也太無聊了吧！」

「要不，我們找幾個美女來陪酒？」

梁遠頭搖得跟博浪鼓似的，說道：「吳先生叮囑過，讓我最近遠離女色。」

林擎滿臉鄙夷。「我跟你可不一樣，我只是有些虛，你是徹底廢了，我還是可以碰女人的。」

梁遠臉上笑嘻嘻，心裡草泥馬。

林擎喝了一口酒，滿臉無聊。

「小混混，要不我們找幾個女人陪酒吧！」

梁遠搖頭。

「就只是陪酒，又不讓你幹啥，我們兩個大男人喝酒多無趣。」

梁遠一想也是，頓時來了興趣，討好道：「那我安排，林少喜歡什麼樣的？」

林擎道：「就一個要求，大波浪長頭髮的。」

梁遠長年混跡酒吧，對於這句話秒懂，這分明是三個要求。

「林少稍等，我這就去安排。」

林擎滿臉期待的微微點頭，梁遠屁顛顛的去安排了。

另一邊，吳白回到家，發現客廳燈亮著，卻不見林淡妝和糖糖。

來到二樓糖糖的房間，推開門一看，只見林淡妝抱著糖糖已經睡著了。

這女人真是不拿自己當外人，竟然還偷穿他的睡衣。

吳白上前，準備幫她們蓋好被子，無意中發現他的睡衣林淡妝穿著太大，領口太低，讓他看到了血脈賁張的一幕……

第十章

加油！打敗壞人

吳白急忙移開目光，輕輕幫她們蓋好被子，悄悄退了出來。

可不知道怎麼了，那一抹春光在他腦海裡久久揮之不去。

吳白苦笑，他不是個好色的人，在武極大陸從未有過女人。心中無女人，修煉自然神。

不過，真沒想到，林淡妝看起來身材纖細，還挺有料的。

吳白來到浴室，沖了個冷水澡，才把心裡的那股燥熱壓了下去，隨即便進入修煉狀態。

修煉如逆水行舟，不進則退。天賦很重要，但是努力同樣重要。

翌日清晨，吳白早早醒來，來到樓頂，迎著朝陽吐納了一會兒，然後開始做早餐。早餐剛做好，吳白正準備喊林淡妝和糖糖起床，沒想到兩人剛好從樓上下來。

「正準備喊妳們起床呢！快過來吃早餐。」

糖糖跑過來，張開小手。「爸爸抱抱。」

吳白把她抱起來，在她小臉上親了一口。

糖糖也在吳白臉上親了一口，留下不少口水，奶聲奶氣的說道：「爸爸，你昨晚什麼時候回來的呀？」

「爸爸回來的時候，糖糖已經睡著了。」

「我本來想等爸爸的，可姊姊講的故事太好聽了，我不小心就睡著了。」

吳白莞爾失笑，太好聽了還能睡著？這個小丫頭說謊都不會。

林淡妝走過來坐下，道：「不好意思，我來的時候沒帶睡衣，就穿了你的睡衣。」

「沒關係。」吳白說著，打量了一眼林淡妝，怎麼看這女人都不像林擎說的那樣，分明就是一朵人畜無害的小白花。

「對了，吳白，糖糖三歲半，該上幼稚園了。你找到合適的學校嗎？如果沒找到，我可以幫忙推薦幾家。」

一聽自己可以上幼稚園了，糖糖寶石般的眼睛放光，滿臉希冀。

「糖糖想不想去幼稚園？」

「想。」糖糖奶聲奶氣的說道。

吳白笑道：「好，爸爸最近就給妳找家好的幼稚園。」

話落，看向林淡妝，道：「我對幼稚園這方面還真沒什麼了解，怕是得麻煩林小姐了。」

「不麻煩，這件事交給我吧！我回頭把資料發給你，然後你選一家。」

吳白微微點頭。「謝了，快吃飯吧！」

「哇！這也太可愛了吧！都捨不得吃了。」林淡妝看著煎成愛心形狀的煎蛋，說道。

「姊姊，糖糖的煎蛋也很可愛呢！」

林淡妝捏捏她的小臉。「糖糖更可愛。」

糖糖開心得大眼睛彎成了月牙。

吃過飯，吳白剛收拾完，電話就響了，是林擎打來的。

「吳神醫，我打聽到，李爭鳴今天要去競拍一塊地皮，你有沒有興趣去看看？」

吳白目光微閃。「知道那塊地是誰的嗎？」

「嘿嘿……是我林氏集團的。」林擎發出一聲壞笑。

吳白也笑了起來，道：「你在哪兒？我去找你。」

「咱們在宏遠商場門口碰頭吧！」

吳白應了一聲，掛斷通話。

林淡妝道：「是我哥吧？」

吳白笑著點點頭。

林淡妝打趣道：「難得他起這麼早，也就給你辦事的時候他才會這麼上心。」

吳白笑了笑，道：「李爭鳴要去競拍一塊地，而那塊地正好是你們林氏集團的。」

「我知道那塊地，那塊地的底價是一億，凌天集團現在能動用的資金是五億多。」

吳白有些驚訝。「這妳都知道？」

看來這個女人當真不簡單，這樣的商業機密，她竟然掌握得一清二楚。

林淡妝微微一笑，道：「悄悄告訴你，我們本來打算利用那塊地建社區的，但是因為周圍有歷史博物館，還有一些歷史性的地標建築。要是建社區，勢必要加裝自來水管道，這樣會破壞周圍的路基，所以政府根本不批准。當然，這個消息我們一直封鎖，沒人知道。那塊地現在就是燙手山芋，誰拿到就砸到誰手裡。」

吳白也曾是商業奇才，不然也不會短短幾年便將凌大集團做成市值幾十億的大公司，對於林氏集團這種有點缺德的操作並不奇怪。

在商言商，無奸不商嘛！

「謝謝。」

林淡妝揮舞著小拳頭。「加油！打敗壞人。」

吳白被她這可愛的動作逗笑了。

「你去吧！糖糖交給我。」

「那就麻煩妳了。」

林淡妝調皮的豎起兩根手指。「兩頓飯，作為補償。」

吳白笑道：「成交！糖糖，爸爸出去一會兒，姊姊陪著妳好不好？」吳白看著糖糖，說道。

糖糖不開心的嘟起嘴，昨晚爸爸就是這樣說的，可她等到睡著了，爸爸都沒回來。

吳白抱起她，在她粉嘟嘟的小臉上親了一口。「明天爸爸帶妳去遊樂場玩好不好？」

「好呀！好呀！」

搞定糖糖，吳白拿上車鑰匙出門了。

可沒三分鐘，他又回來了。昨晚車子在酒吧充了一會兒電，跑回家就沒電了，他也忘了充。

「怎麼了？」林淡妝問。

吳白苦笑。「我的車沒電了，看來得搭車去了。」

「開我的車去吧！門口那輛白色奧迪。」

「那是妳的車？」

林淡妝點點頭，把車鑰匙給了吳白。

「謝謝。」

林淡妝跟林擎是親兄妹，但是品味天壤之別。林擎張揚，喜歡開跑車，林淡妝的座駕卻很低調。

這是一輛奧迪A8，也算是豪車，但是低調奢華不張揚。

不過，當吳白上了車，就發現這輛車的不凡之處。這輛車絕對花了大價錢改裝過，車身、玻璃都是防彈的，內裝都改成最好的，外表低調，內在極盡奢華。

吳白發動車子，一踩油門，車子衝了出去。

好傢伙！這馬力肯定也改動過。

看來林擎說得對，林淡妝溫柔恬靜的外表下，還有著另外一副面孔。

吳白到達宏遠商場的時候，林擎已經到了。

看到吳白開著林淡妝的車，林擎目瞪口呆。「你……你竟然開我妹妹的車？」

吳白不明覺厲。「我的車沒電了，林小姐就把她的車借我開了，怎麼了？」

林擎震驚的聲音都提高了八度：「她讓你開的？」

吳白滿臉呆滯的點點頭，不明白林擎為什麼這麼震驚。

「天哪！太陽打西邊出來了，我妹妹竟然讓你開她的車，簡直不可思議！」

林擎嘴裡嘟嘟囔囔的，震驚的說道。

吳白劍眉微揚。「有什麼問題嗎？」

「問題大了。」林擎頓了頓，繼續說道：「這輛車是我妹妹自己設計改裝的，所以她從來不允許別人碰這輛車，我媽爸都不行，我懇求了多少次，我妹都沒答應。這麼跟你說吧！就是這輛車我妹妹是絕對不會讓人碰的，但她不只讓你碰，還讓你開，簡直不可思議。」

吳白怔了怔，這個他還真不知道。

林擎看著吳白哀求道：「吳神醫，你開我的車，讓我試試這輛車。這輛車的馬力改過，動力比我的跑車都強。」

吳白正要答應，手機震了一下，拿出來一開，不由得一怔。

「不是我不願意，而是你妹妹不願意。」

吳白說著，拿起手機給林擎看，上面是林淡妝剛發來的訊息，寫的是——不准把我的車借給我哥開。

吳白詫異的是，這訊息來得也未免太巧了，難道林淡妝也懂相術，還是說她有未卜先知之能？

林擎滿臉失望，嘀咕道：「太過分了，我可是她親哥。」

林擎嘀咕著，突然間看向吳白，眼神充滿狐疑。

吳白詫異道：「怎麼了？」

「吳神醫，你不會跟我妹妹在談戀愛吧？」

吳白差點被自己的口水嗆著，沒好氣的說道：「你是不是有什麼大病？我跟林小姐總共才見過幾面，就談戀愛？」

「這可說不準，萬一一見鍾情呢？昨晚那個美女一見我就說愛上我了，我這該死的魅力！」林擎自戀的摸摸臉。

吳白道：「所有的一見鍾情都是見色起意。還有，如果那個美女不知道你開的是幾百上千萬的跑車，不知道你是林家大少，第一次見你說愛上你，那我只能懷疑你把她戳瞎了。」

林擎訕訕的笑了起來，尷尬道：「人間還是有真情的嘛！」

「酒吧那種地方，真心不如鈔票，感情只是性需要。」吳白無奈的搖搖頭，在燈紅酒綠、烏煙瘴氣的酒吧找尋真情，林擎真是奇葩。

隨即，吳白話鋒一轉，道：「拍賣會什麼時候開始？」

林擎看了一眼手錶，道：「還有半個小時，時間差不多了，我們快走吧！吳神醫，你開車跟著我。」

十幾分鐘後，兩人一前一後來到萬都大廈，林擎帶著吳白直接來到監控室。

林擎笑道：「這裡的負責人是我的朋友，監視畫面可以看到拍賣會現場的情況。我已經安排了幾個人，只要李爭鳴開口，他們就會把價格哄抬到最高。」

吳白詫異的看著林擎，他本來打算親自入場抬價，讓李爭鳴以最高價格吃下這塊地，沒想到林擎已經安排好了一切。

林擎撓撓頭。「吳神醫，您別這樣看著我，都是我妹妹安排的，我就是個執行者。本來我妹妹安排這幾個人只是為了哄抬價格，讓我們林氏集團那塊地拍出一個好價格，現在可以讓他們好好噁心一下李爭鳴了。」

吳白目光微閃，益發覺得林淡妝不簡單。

「呵……李爭鳴這個孫子裝得還真像個人，要是不知道他的真面目，怕是連我都要被他騙了。」林擎看著監視畫面裡面正在跟人握手打招呼、謙遜有禮的李爭鳴，說道。

吳白眼睛微瞇，遮掩眼底的冷芒，他當年就是被李爭鳴這副面孔騙的。

林擎讓工作人員讓開，自己操縱監視系統。

「吳神醫，拍賣要開始了。」

吳白微微頷首。

一個三十多歲，穿著西裝的男子走上臺，面帶制式微笑，他就是今天的拍賣師。臺下大概有四、五十個人，拍賣會準時開始了！

這次拍賣的一共有五塊地，林氏集團的地是最後一場。

前面四塊地，吳白沒怎麼關注；直到要拍賣林氏集團那塊地的時候，吳白坐直了身子。

監視畫面裡，李爭鳴也坐直了身子。

李爭鳴一副很自信的樣子，看來對林氏集團的這塊地志在必得。

李爭鳴進場之前，花了大價錢打聽到，林氏集團這塊地的底價是一億，成交價不會超過三億；殊不知他進場前臨時打聽到的消息，是有人故意洩露給他的。

「現在拍賣五號標地，這地塊的資料和手續都很齊全。這塊地的底價是一億，每次加價不得低於五百萬。」

拍賣師打開一個資料夾，將五號標地的資料投影在身後的大螢幕上，展示給眾人看，確認這塊地的手續齊全。

「現在，拍賣開始！」

拍賣師的話音未落，一個西裝革履，身材瘦削，一副成功人士模樣的中年男子迫不及待的喊道：「一億！」

「一億零五百萬！」

「一億一千萬！」

「一億一千五百萬！」

頓時，好幾個人開始加價。

李爭鳴回頭看向幾個喊價的人，眼神不屑，似乎沒將這幾個人放在眼裡。

吳白笑道：「這幾個就是你們安排的托兒吧？」

林擎咧嘴一笑，點點頭。

「一億五千萬！」

李爭鳴開口了，一出手震驚全場，從一億一千五百萬直接加價到一億五千萬，所有人的目光都聚集在李爭鳴身上。

李爭鳴面帶微笑，神色自若，他很享受這種被人矚目的感覺。

林擎冷笑。「孫子，有你哭的時候。」

隨即，通過藍牙耳機發布命令，道：「九號可以退了，十七號加價。」

現場每張坐椅都有編號，九號參與者競拍的中年男子滿臉氣憤，無力的耷拉下腦袋，退出了競拍。

九號是第一個喊價的，此時的反應全部看在李爭鳴眼裡，他不屑一笑。

吳白嘴角微揚。「這人演得不錯。」

林擎嘿嘿一笑，道：「他們可都是專業的。」

就在李爭鳴覺得勝券在握的時候，十七號突然加價，喊道：「一億八千萬！」

李爭鳴霍然回頭看去，眼神陰冷。

就在這時，坐在李爭鳴身邊的五號競拍者舉牌。「兩億！」

李爭鳴看向旁邊的五號競拍者，臉色陰沉，皮笑肉不笑的說道：「張總，你那小公司，拿得出兩億嗎？」

張總名叫「張耀」，名下有一家小型建築公司，滿打滿算資產不過億，以前跟凌天集團還有業務往來，李爭鳴沒想到張耀這個不入流的小人物會跳出來插一腳。

張耀冷笑道：「這就不勞煩李董操心了。」

李爭鳴眼神陰冷，獰笑道：「我是怕張總就算拍下來也拿不出這麼多錢，丟人現眼。」

「丟的也是我張耀的人，與你李爭鳴有什麼關係？」

李爭鳴冷哼一聲：「你想玩，我陪你。」

說完，舉起手裡的牌子，大喊道：「兩億一千萬！」

林擎的人正準備舉牌，沒想到張耀比他更快，先一步舉牌喊道：「兩億三千萬！」喊完後，還不忘挑釁的看了一眼李爭鳴。

李爭鳴臉色鐵青，嘴角直抽搐，氣得不輕，怒吼道：「兩億五千萬！」隨即看向張耀。「跟我玩，你也配？」

張耀不屑的冷笑一聲，舉牌喊道：「兩億八千萬！」

吳白劍眉微揚，好奇道：「這個人也是你安排的？」

林擎搖頭，道：「不是，沒見過。」

吳白微怔，這個人明顯跟李爭鳴對著幹，他以為是林擎安排的人，沒想到不是。

林擎安排的人卻有些愣了，不知所措。

吳白盯著螢幕裡面五官微微扭曲的李爭鳴，淡漠道：「讓你的人喊到三億。」

林擎回頭看著吳白。「我們要是喊到三億，李爭鳴不跟，就麻煩了。」

「喊吧！李爭鳴會跟的。」吳白篤定的說道。

吳白了解李爭鳴，他是一個剛愎自用、狂妄自大的人，覺得自己算無遺漏，永遠不會輸。

林擎點點頭，下令道：「十七號，喊到三億。」

畫面中，十七號舉起牌子，喊道：「三億！」

李爭鳴眼中有火焰在燃燒，回頭看向十七號，獰笑道：「跟我玩，你們有這個實力嗎？我出三億五千萬！」

現場頓時一片譁然，李爭鳴加價太狠了。

「還有人出價嗎？還有人出價超過三億五千萬嗎？」拍賣師扯著嗓子大喊。

這塊地最多值三億，現在已經超出這個價了，所以不管拍賣師怎麼喊，都沒人吭聲。

拍賣師喊道：「三億五千萬第一次！」

過了一會兒，確定沒人會加價，這才喊道：「三億五千萬第二次！」

李爭鳴不屑的看著旁邊的張耀，冷笑道：「怎麼慫了？跟我爭，也不看看自己幾斤幾兩。」

張耀憤怒的盯著李爭鳴，嘶吼道：「李爭鳴，我不會讓你得逞的。」

拍賣師槌子即將落下，一槌定音，只要這一槌落下，這塊地就是李爭鳴的。

但就在這時，張耀大喊道：「三億八千萬！」

現場頓時又是一片譁然。

拍賣師激動的大喊：「這位先生出價三億八千萬，還有比這更高的嗎？還有哪位出價？」

李爭鳴滿臉猙獰的看著張耀，那眼神像是要吃人似的。

張耀同樣憤怒的盯著李爭鳴，獰笑道：「李爭鳴，就算我傾家蕩產，也不會讓你拿到這塊地。」

監控室，林擎回頭看向吳白，問道：「吳神醫，我們還繼續喊嗎？」

吳白笑容詭譎。「再加一把火，喊到四億。」

林擎有些擔憂，因為這塊地已經溢價太多；但出於對吳白的信任，他讓十七號再次喊價。

就在李爭鳴和張耀針鋒相對的時候，十七號舉牌喊道：「四億！」

這突然間的加價，不但讓在場的人震驚，更是激怒了李爭鳴。

李爭鳴紅著眼睛，霍然起身，咆哮道：「四億五千萬！這塊地我要定了，誰也別想從我手裡搶走。」

林擎敬佩的看著吳白。「吳神醫，你真是神機妙算，這孫子真的加價了。我們要不要再喊一次？」

吳白盯著監視畫面裡面的張耀，當李爭鳴喊出四億五千萬的時候，張耀眼神充滿了詭譎，那是得逞的笑意。

「不用再喊了，李爭鳴已經快沒有資金可動用了，再喊極有可能把我們自己套進去。另外，查一下這個人，他的背後絕對有人指使。」吳白指指畫面裡面的張耀，說道。

林擎點點頭，道：「交給我。」

現場，李爭鳴看向十七號，挑釁道：「喊呀！繼續喊呀！怎麼慫了？」

十七號垂下頭，一副認命的樣子。

李爭鳴又看向張耀。「你剛才不是很囂張嗎？怎麼不喊了？啞巴了？」

張耀緩緩站起身，盯著李爭鳴，突然間大笑起來。「李董真是財大氣粗，一塊不超過三億的地皮，你竟然花四億五千萬買下下來，真不知道有什麼好得意的。」

張耀說完，不屑的冷笑一聲，直接轉身離場。

李爭鳴猛地驚醒過來，死死的盯著張耀的背影。

眾人竊竊私語……

他被算計了，但他又不願意承認。

「張耀，老子不會放過你的！」

李爭鳴滿臉猙獰，眼神陰鷙如毒蛇。

「恭喜這位先生，拍下五號標地。」拍賣師大喊，一槌定音。

但李爭鳴一點都高興不起來，他感覺所有人都在嘲笑他，這讓他怒火中燒。

監控室，吳白看著畫面裡無能狂怒的李爭鳴，嘴角微揚，道：「好戲結束了，我們走吧！」

林擎看著畫面裡的李爭鳴，不屑一笑，起身跟著吳白離開了監控室。

兩人來到外面，吳白笑道：「今天的事謝謝你了。」

林擎爽朗的說道：「吳神醫，你這樣說可就太見外了。我爸媽、我妹妹的命都是你救的，這點事相較於你對我們林家的恩情來說，根本不值一提。吳神醫，剛好到午飯的時間了，我們去吃點東西吧！」

「你妹妹會做飯嗎？」

林擎一怔，道：「如果黑暗料理算的話，她勉強算是會做飯。」

「那你跟我回家吧！我可不想我女兒的胃受折磨。」

林擎眼神一亮。「太好了！吳神醫，你做的飯，可比外面五星級酒店做的都好吃。」

「林擎，你先上車，別露面。」

吳白突然說道，他看到李爭鳴出來了。

林擎點點頭，立即上車，將車開到遠處，等著吳白。

李爭鳴陰沉著臉，低著頭來到自己的車旁，正準備上車，心有所感，抬頭看去，看到吳白的時候，不由得一怔。

第十一章

一隻可憐的流浪狗

李爭鳴看著吳白，眼神瞬間變得陰鷙。

「你怎麼在這裡？」

吳白嘴角微揚，淡笑道：「很意外嗎？」

李爭鳴的確有些意外，剛被人算計，花大價錢買了一塊地，吳白又出現在這裡，讓他心裡不得不犯嘀咕。

「我若不來，怎麼能看到你一擲千金、不惜重金，買了一塊沒用的地呢？」

李爭鳴心裡一突，冷聲道：「你什麼意思？」

吳白緩緩道：「李爭鳴，我來就是要告訴你，貓戲老鼠的遊戲開始了。」

李爭鳴不屑的冷笑。「貓戲老鼠？你該不會是想說自己是那隻貓吧！」

吳白笑了笑，不置可否。

李爭鳴獰笑道：「吳白，你知道我最討厭你什麼嗎？就是你永遠都是一副勝券在握的樣子，我就是要讓你嘗嘗失敗的滋味。你瞧瞧自己現在的樣子，一隻可憐的流浪狗。你曾經的一切現在都屬於我，你拿什麼跟我玩？我現在最後悔的就是當年知道你還活著的時候，就應該弄死你，永絕後患。」

吳白神色未變，淡然道：「李爭鳴，那麼我現在告訴你，我曾經失去的一切，之後都會親手拿回來，而且不會跟你犯同樣的錯誤。我會把你打進十八層地獄，永世不得超生。」

李爭鳴狂笑。「你有那個本事嗎？現在的你，什麼都不是。」

吳白突然間詭譎的笑了起來。「最起碼我是一個正常的男人，而你是個……廢人。」

李爭鳴臉色驟變，眼神陰晴不定的看著吳白。

吳白嘲諷道：「不用掩飾了，現在連撒尿都費勁兒吧？一個男人，若是不舉，那還是男人嗎？」

第一次在林溪郡門口碰到李爭鳴的時候，吳白就暗中在他身上做了些手腳，讓他失去了男性功能。

李爭鳴死死的盯著吳白，五官扭曲，猙獰可怖。

前些日子，他發現自己小便的時候有強烈的灼燒疼痛感，隨即他驚駭的發現，自己面對女人的時候竟然沒有反應！

李爭鳴當場嚇壞了，暗中去醫院檢查，卻什麼都沒查出來。

這幾天，別說反應了，他幾乎都感覺不到自己那玩意兒的存在了。但每次解手的時候，那種灼燒刺痛的感覺依然讓他痛不欲牛。

這件事他沒有跟任何人說過，吳白是怎麼知道的？李爭鳴看著吳白，心裡莫名的生出一絲寒意。

吳白眼神寡淡得沒有一絲感情，道：「李爭鳴，你欠我的，我會讓你百倍千倍的還回來。」

說完，冷笑一聲，轉身上了車。

車子路過李爭鳴的時候突然停下來，吳白降下車窗，眼神戲謔，道：「你若不舉，便是晴天。」

隨即，一腳油門揚長而去。

李爭鳴眼神怨毒如毒蛇，喀的一聲，竟是氣得把自己的臼齒咬碎了。

「嘶——」

過了三秒，他的表情便成了痛苦，摀著腮幫子跳腳，疼得眼淚都出來了。

吳白和林擎回到家。

「爸爸！」

正在跟林淡妝玩鬧的糖糖看到吳白回來，立刻邁著小短腿跑過來，張開手讓吳白抱她。

吳白俯身把她抱起來。「想爸爸沒？」

「想！」糖糖奶聲奶氣的說道，還不忘在吳白臉上親了一口，留下一圈口水印。

「糖糖。」林擎走過來，摸摸她的小腦袋。

「林擎叔叔好。」

林擎眉開眼笑。「這孩子怎麼就這麼懂事呢？看得我都想要個孩子了。吳神醫，怎麼才能生出像糖糖這麼漂亮可愛的孩子？是有什麼配方，還是說有什麼獨特的姿勢？」

吳白沒好氣的瞪了他一眼，這傢伙口無遮攔的。

「想要孩子，你得先結婚。」

「呃……」林擎撓撓頭，乾笑道：「那還是算了。」

讓他為了一棵樹放棄整座森林，他絕對不願意。

林淡妝倒了一杯水，端過來給吳白。「喝口水吧！」

「謝謝。」吳白還真有點渴了，接過來咕嚕咕嚕幾口喝光了。

「還要喝嗎？」

吳白搖搖頭。

林擎瞪著眼睛，酸溜溜的說道：「怎麼了？沒看到妳老哥嗎？怎麼不給我倒杯水？」

林淡妝燦爛一笑，道：「想喝，自己倒。」

林擎抱怨道：「我可是妳哥，妳這也太厚此薄彼了吧！」

林淡妝翻個白眼，沒理他這一齣。

林擎目光微閃，滿臉狐疑，不知道在琢磨什麼。

林淡妝走過去，從吳白手裡把糖糖抱過來。「你剛回來，辛苦了，休息一會兒吧！」

不等吳白說話，她繼續問道：「那塊地已經到了李爭鳴手裡，接下來你打算怎麼辦？」

吳白目光微閃，笑道：「李爭鳴手裡已經沒有多少資金了，估計連給員工發薪水都不夠。等妳父親斷了李爭鳴所有的資金來源，接下來好戲才正式開場。」

林淡妝笑道：「看來你已經有主意了。」

吳白笑著，微微點頭。

吳白突然間看向林淡妝，問道：「妳認識一個叫『張耀』的人嗎？」

林淡妝嬌俏一笑。「看來你猜到了。」

林擎滿臉呆滯。「啥意思？張耀不會也是妳安排的吧！」

「沒錯，是我安排的。」林淡妝大方的承認了。「只有激怒李爭鳴，讓他失去理智，他才會花大價錢買下那塊地。我研究過李爭鳴，他是個心高氣傲的人。但憑藉我們之前安排的那幾個人，還不足以讓他失去理智，但張耀可以。

張耀有個女兒，生得很是漂亮，他的公司以前跟凌天集團就有業務往來，一來二去，張耀的女兒愛上了李爭鳴，並且懷了李爭鳴的孩子。但李爭鳴只是玩玩而已，並不想負責。

最後不知道怎麼回事，那個孩子流掉了，張耀的女兒患了嚴重的憂鬱症，自殺了，好在最後人救活了。張耀因此徹底恨上了李爭鳴，還曾在大庭廣眾之下打過李爭鳴。」

吳白微微頷首，道：「李爭鳴心胸狹隘，被人打了不可能當作什麼事都沒發生，所以兩人見面，分外眼紅。」

林淡妝微微點頭。「我找到了張耀，只是說了要對付李爭鳴，他沒有絲毫猶豫就答應了。」

林擎憤怒道：「這孫子！真是活畜生。我忍不了了，若是有機會，我一定打殘他。」

吳白看了一眼林擎，眼底閃過一抹讚賞。林擎雖然也是富家子弟，也有些紈褲，但是三觀挺正，還有些嫉惡如仇。

「放心，李爭鳴不會有好下場的。」

如果只是要李爭鳴死，那太簡單了，吳白有一千一萬種方式讓他死得神不知、鬼不覺；但只是殺了他，那未免太便宜這個混蛋了。

吳白要把當年自己承受的痛苦，千倍萬倍的還給李爭鳴。

「好了，先不提這個人了，倒胃口。大家應該都餓了吧！我去做飯。」

吳白捏了捏糖糖粉嫩的小臉，笑著走進廚房。

林擎看了一眼廚房方向，又看向林淡妝。「淡妝，妳老實說，妳是不是喜歡吳白？」

林淡妝微微一怔，俏臉微紅，但很快就掩飾過去，很自然的問道：「為什麼這麼問？他跟你說什麼了嗎？」

「那倒沒有，只是我覺得妳對吳白的態度很不正常。」

「怎麼不正常了？」

林擎思索著說道：「妳竟然把妳的車借給吳白開。」

林淡妝正要開口，林擎先一步說道：「別用他的車沒電了這樣的藉口來搪塞我，我是不會相信的。」

「我沒打算用這個藉口。我想說，那是我的車，我想給誰開就給誰開，這有什麼問題？」

林擎竟然無言以對，林淡妝說的挺有道理。

「不對！差點被妳忽悠過去。妳的車可是連我和爸媽都不准碰，妳給吳白開，這很不正常。」

「我看是你不正常吧！」林淡妝把糖糖抱到自己腿上，看一眼林擎，道：「哥，你也老大不小了，是不是該結婚了？」

林擎一怔。「妳少在這裡給我顧左右而言他，別轉移話題。」

林淡妝無奈的嘆口氣，淺笑道：「好吧！我承認，我的確對他有好感。」

林擎愣住了。「你們才見過幾面啊？這事妳得考慮清楚了。吳神醫雖然長得很帥，也很有本事，但這種事不是開玩笑的，一定得慎重。妳若真喜歡吳白，首先就得做好當個好媽媽的準備。」

林淡妝突然間笑了起來，低頭看向糖糖。「糖糖，妳喜歡姊姊嗎？」

糖糖奶聲奶氣的說道：「喜歡呀！」

林淡妝看向林擎。「瞧，糖糖喜歡我，我也喜歡她，這就夠了。」

「妳想得太簡單了。」林擎搖搖頭。「反正妳自己考慮清楚，我可告訴妳，喜歡歸喜歡，但是不能輕易把自己交給吳白。」

「哥，你在胡說什麼呢！」林淡妝俏臉緋紅，瞪著他。

林擎撓撓頭。「好吧！反正妳從小就很有主意，這件事我替妳瞞著爸媽，等以後再說吧！妳陪著糖糖玩吧！我去偷師了。吳神醫的廚藝真的是太好了，我得偷學兩招，回去自己學著做。」

林擎來到廚房，吳白正在炒菜，他拿出手機，打開錄影功能。

吳白回頭看了他一眼。「你在幹什麼？」

「我在偷師啊！」林擎道。

這貨是不是對「偷」這個字有什麼誤解？

「你想學做菜，我可以教你。」

「真的？」林擎有些興奮，收起手機，上前觀摩。

「這有什麼好藏私的。」

吳白失笑，一邊加調味料，一邊教林擎。

幾分鐘後，林擎便失去了興趣。

「感覺你教的都是些沒用的東西。」

吳白看了他一眼，認真道：「別這樣說自己。」

林擎道：「我的意思是，你教的這些跟一般廚師差不多，但為什麼你做的菜就那麼好吃呢？」

吳白心想：那是因為我用了幾千年來研究廚藝，所以才能用最簡單的方式做出最美味的菜餚。

「做菜要一步一步慢慢來，哪有一蹴而就的事情？」

林擎好奇道：「如果我要達到你這種水準，需要多久？」

吳白道：「你覺得你能活到多少歲？」

林擎微微一怔，隨即道：「我們林家人都挺長壽的，我最起碼也能活個八、九十歲吧！」

「那你想要達到我這樣的水準是沒機會了，因為你活得太短。」

林擎深受打擊，苦笑道：「那我還是坐吃等死吧！」說完，垂頭喪氣的出去了。

吳白嘴角微揚，無奈的搖了搖頭，他說的可都是真的。

花開兩朵，各表一枝——

吳白這邊愉快的準備著午餐的時候，另一邊，李爭鳴回到公司。

李爭鳴黑著臉回到辦公室，按下呼叫鍵：「宋祕書，給我送杯咖啡進來。」

不一會兒，敲門聲響起。

「進來。」李爭鳴隨口說道。

可進來的不是宋祕書，而是葉靜姝。

吳白出事後，李爭鳴偽造文件，吞了吳白的股份，擔任董事長。葉靜姝手裡握著吳白送給她的那百分之十的股份，擔任總經理。

葉靜姝端著咖啡上前，放在李爭鳴面前，輕聲道：「看你臉色不太好，怎麼回事？是那塊地沒拍下來嗎？」

李爭鳴收斂起情緒，笑道：「拍下來了。」

「那你怎麼還一副悶悶不樂的樣子，是不是太累了？」

李爭鳴站起身，走過去拉住葉靜姝的手，溫柔道：「靜姝，我很怕。」

葉靜姝微怔。「怕什麼？」

「怕吳白搶走妳。妳知道嗎？我今天又碰到吳白了，他對我下了戰帖，告訴我貓戲老鼠的遊戲開始了，他是貓，我就是那隻老鼠。」

葉靜姝眼神複雜，神色黯然下來。她輕輕掙脫李爭鳴的手，安慰道：「別胡思亂想，我們已經訂婚了，吳白現在對我來說只是陌生人。」

陌生人？妳騙鬼呢！從吳白出事，老子追求妳好幾年，直到現在，妳都不讓老子碰你，妳真以為我不知道妳在想什麼？李爭鳴心裡怒火沖天。

臭婊子！要不是我怕妳把手裡百分之十的股份送給吳白，讓他有機會踏進凌天集團的大門；要不是妳葉家對我還有點用，老子早就強上妳了，跟我裝什麼清純！

李爭鳴心裡充滿怨毒，臉上卻是無盡的溫柔，「表裡不一」這個詞簡直就是為他量身打造的。

他目光微閃，心裡琢磨著怎麼把葉靜姝手裡那百分之十的股份騙到手。萬一她把股份轉讓或者賣給吳白，那事情就麻煩了。

李爭鳴很了解吳白，吳白是個善於創造奇跡的人。當年能把凌天從一個小公司做到市值幾十億的大財團，足以證明吳白的能力和可怕。

所以，絕對不能給吳白反擊的機會，不然星星之火到了吳白手裡，便可燎原。

——待續

國家圖書館出版品預行編目資料

武帝歸來 / 修果作. -- 初版.
-- 飛燕文創事業有限公司, 2025.06-

冊；公分

ISBN 978-626-413-265-7(第1冊:平裝).--
ISBN 978-626-413-266-4(第2冊:平裝).--
ISBN 978-626-413-267-1(第3冊:平裝).--
ISBN 978-626-413-268-8(第4冊:平裝).--
ISBN 978-626-413-269-5(第5冊:平裝).--
ISBN 978-626-413-270-1(第6冊:平裝).--
ISBN 978-626-413-271-8(第7冊:平裝).--
ISBN 978-626-413-272-5(第8冊:平裝).--
ISBN 978-626-413-273-2(第9冊:平裝).--
ISBN 978-626-413-274-9(第10冊:平裝).--
ISBN 978-626-413-275-6(第11冊:平裝).--
ISBN 978-626-413-276-3(第12冊:平裝).--
ISBN 978-626-413-277-0(第13冊:平裝).--
ISBN 978-626-413-278-7(第14冊:平裝).--
ISBN 978-626-413-279-4(第15冊:平裝).--
ISBN 978-626-413-280-0(第16冊:平裝).--
ISBN 978-626-413-281-7(第17冊:平裝).--
ISBN 978-626-413-282-4(第18冊:平裝).--
ISBN 978-626-413-283-1(第19冊:平裝).--
ISBN 978-626-413-284-8(第20冊:平裝)

857.7 114006117

武帝歸來 01

出版日期：2025年07月初版
建議售價：新台幣190元
ISBN 978-626-413-265-7

作　　者：修果
發 行 人：曾國誠
文字編輯：Free
美術編輯：豆子、大明
製作/出版：飛燕文創事業有限公司
公司地址：台中市南區樹義路65號
聯絡電話：04-22638366
傳真電話：04-22639995
印 刷 所：燕京印刷廠有限公司
聯絡電話：04-22617293

各區經銷商

華中書報社	電話 02-23015389
旭昇圖書有限公司	電話 02-22451480
智豐圖書股份有限公司	電話 05-2333852
威信圖書有限公司	電話 07-3730079

網路連鎖書店

金石堂網路書店 電話：02-23649989
網址：http://www.kingstone.com.tw/

博客來網路書店 電話：02-26535588
網址：http://www.books.com.tw/

若您要購買書籍將金額郵政劃撥至22815249，戶名：曾國誠，
並將您的收據寫上購買內容傳真到04-22629041

若要購買本公司出版之其他書籍，可洽本公司各區經銷商，
或洽本公司發行部：04-22638366#11，或至各小說出租店、漫畫便利屋、各大書局、金石堂網路書店、博客來網路書店訂購。
▶如有缺頁、破損，請寄回更換！

Fei-Yan 飛燕文創